# 對類卷之十

## 身體門

一字

○身體第一

平　實字

身人首及四肢爲一身 軀身體 形身形 骸體骸 肩肩膊 腰人身之中

肢手足爲四肢 胷胷膈 襟胷襟 心一身之主臟屬火 肝木臟

脾土臟 顱頭骨 腸肺腑爲大腸心腑爲小腸 懷心懷 瞳目珠 眸目瞳子

眉目上毛 鬚在頤曰鬚 髯在頷曰髯 唇口端 牙牙齒 咽吞食處 喉氣管

頤口旁 腮臉也 拳握指 肱手臂 臍腹臍 皮皮膚 膚皮也

肌肌肉 毛毛髮 筋筋骨 顏顏色 容容貌 姿姿色 神精神

聲發言爲聲 躬身也 鬟髻也 髭口上曰髭 頭首也 睛眼睛



仄

體身體 己自身 首頭也 頂頭頂 腦頭腦 鬢鬢髮 髮頭毛

髻束髮 面頭面 貌面貌 頰面頰 臉頰也 額顙也 項腦後

頸頭項 耳司聽 目司視 眼目也 鼻引氣之竅 口司言能食 頷口下

齒口齒 舌在口能言又能別五味 背背脊 膂脊肉 膊肩肉 脇腋下

肋脅骨 腋肘後 膈膈胷 腹居身之中 肚腹也 肺金臟 腎水臟

膽肝腑主智 手左右手 指手指 爪手爪 掌手掌 腕臂也 臂手臂

肘手屈處 足脚也 踵足跟 趾足也 脚足也 跡足跡 股足以上骨

髀股也 膝足節 脛足骨也 骨筋骨 血肉之液 脉血脉 汗身液

涕鼻液 泗涕泗 淚目液 唾口液 氣出入息氣 質形質 色顏色

力筋力 甲指甲 髓骨中脂也 靨腮前靨子 吻唇角曰吻

○情性第二　實字

平

情心之所欲 懷心之所思 衷中心 思思慮 忱心情 悰情悰 誠誠心

機 心機 儀 容儀

仄

性 心性 志 志氣 意 心意 念 心念 慮 思慮 興 情興 思 意思

智 意智 態 體態 度 風度 量 度量 想 思想 抱 懷抱 臆 胷臆

虛字 死

## 。肥瘦第三

平

肥 體肥 清 清秀 温 温和 柔 柔順 良 善也 嬌 嬌美 豐 豐滿

纖 纖細 彎 曲也 香 香美 輕 輕盈 明 光明 顰 皺眉 癯 瘦削

衰 衰老

仄

瘦 無肉 弱 無力 細 小也 膩 肥澤 媚 嬌媚 嫩 柔嫩 軟 軟弱

美 美好 壯 壯大 秀 清秀 麗 華麗 艷 艷冶 淑 淑善 雅 正也

善 良善

二字

## 。形骸手足第四

並實

平

形骸 莊 索我於形骸之外 胷襟 胷懷 心腸 心肝 心胷



肝腸 腰肢 肌膚 咽喉 髭鬚 髭鬢 鬚髯 鬚眉

身心 膏肓 膏之上 肓之下 皮膚 頭顱

上仄

腹心 股肱 肺肝 肺腸 腎腸 予其敷心腹腎腸 肚腸 體膚

髮膚 爪牙 齒牙

仄

手足 面目 耳目 眼目 口頰 齒髮 臂指 齒頰

口體 肺腑 臟腑 骨肉 骨髓 骨骼 口耳 耳鼻

眼耳 血氣 首足 脉絡 血脉 氣脉 氣血 氣骨

上平

頭目 頭面 頭角 心腹 肢體 身體 心膂 喉舌

肝膽 牙頰 肌骨 筋力 喉吻 唇舌 眉鬢 唇齒

毛髮 鬚髮 心膽 形體 肩背 毫髮 頭腦 眉目

牙齒 骸骨 腮臉 胷臆 腸胃

並實

## 。精神態度第五

○精神態度第五

牙齒 骸骨 腮臉 胸臆 腸胃

毛髮 鬚髮 心膽 形體 肩背 真毫髮 頭腦 眉目

【二字】

肝膽 牙頰 肌骨 筋力 喉吻 唇舌 鬚齒 唇齒

頭目 頭面 頭角 心腹 肢體 身體 心膂 齒舌

眼耳 血氣 首足 脈絡 血脈 氣脈 氣血 氣骨

口體 肺腑 臟腑 骨肉 骨髓 骨骼 口耳 耳鼻

【仄】

手足 面目 耳目 眼目 口頰 齒髮 臍指 齒頰

髮膚 爪牙 齒牙

【仄】

腹心 股肱 肺肝 肺腸 脊腸 腹子脊其敷心 肚腸 體膚

身心 膏肓 膏肓心下鬲上 皮膚 頭顱 髭鬚 鬚髯 鬢髯

肝腸 腰肢 肌膚 咽喉 髭髯 鬢鬚 鬚眉

對類卷十　二

【平】

形骸 骸骨也以形骸為形 胸襟 胸懷 心腸 心肝 心胸

【一字】

○形體手足第四

善 良善

【仄】

美 美好 壯 壯大 秀 清秀 麗 華麗 豔 豔冶 淑 淑善 雅 正也

瘦 無肉 弱 無力 細 小也 胖 肥滿 嬌 嬌媚 嫩 柔嫩 軟 軟弱

衰 衰老

【平】

纖 纖細 彎 曲也 香 香美 輕 輕盈 明 光明 顰 蹙眉 癯 瘦削

肥 體肥 清 清秀 溫 溫和 柔 柔順 良 善也 嬌 嬌美 豐 豐滿

○肥瘦第三

【四字】

智 意智 能 體能 度 風度 量 度量 想 思想 抱 懷抱 懷 胸懷

【仄】

性 心性 志 志氣 意 心意 念 心念 慮 思慮 興 情興 思 意思

機 心機 儀 容儀

平 精神 形容 形聲 儀容 聲音 姿容 顏容 聲容
心情 音容 情懷 丰標 丰姿 襟懷 情悰 儀形
威儀
上去 表儀 性情
仄 態度 體態 氣色 志氣 意思 意緒 度量 咳唾
氣槩 氣力
上平 情思 情性 情緒 情意 情興 懷抱 精采 風采
風度 風韻 丰表 儀表 標格 風骨 姿貌 容色
顏色 顏貌 標致 魂魄 形狀 心意 心志 心力
言語 形貌 筋力

○眉毛鬢髮第六 與後類通用

平 眉毛 眉頭 心聲 心頭



上去 鬢毛（杜 鬢毛垂領白） 面皮 面容 面顏 眼睛 眼光 髻鬟
耳根 脚跟 頷髭 鬢腮
仄 鬢髮 面靨 面色 眼力 足力 眼淚 骨氣 膽氣
意味 手腕 口齒
上平 頭髮 心事 心術 情味 情況 心緒

○頭顱面貌第七

平 頭顱 牙根
上去 面情 面緣 眼眶 鼻梁 脊梁 足音 足跟
仄 面貌 鼻孔 耳竅 眼孔 眼界 手指 手掌 手肘
手臂 手膊 指甲 指爪 脚板 脚色 足趾 目睫
鬢脚 骨相 髀肉 膂力 足迹
上平 心力 顏甲 顏汗 毛孔 頭角 頭骨 心竅 心孔

【上平】心力 顏甲 顏汗 毛孔 頭角 頭骨 心竅 心孔
鬢腳 骨相 骨肉 齒力 足迹
手臂 手膊 指甲 指爪 腳板 腳色 足趾 目睫
【仄】面貌 鼻孔 耳竅 眼孔 眼界 手指 手掌 手肘
【上去】面情 面緣 眼眶 鼻梁 脊梁 足音 足踝
【平】頭顱 牙根

○頭顱面貌第十

【上平】頭髮 心事 心術 情味 情況 心緒
意味 手腕 口齒
【仄】鬢髮 面靨 面色 眼力 足力 眼淚 骨氣 膽氣
耳根 腳跟 頷髭 鬢眼
【上去】鬢毛非社鬢白毛 面皮 面容 面頰 眼睛 眼光 鬚鬢



【平】眉毛 眉頭 心聲 心願

○眉毛鬢髮第六與後類通用

言語 形貌 筋力
顏色 顏貌 標致 魂魄 形狀 心意 心志 心力
風度 風韻 丰表 儀表 標格 風骨 姿貌 容色
【上平】情思 情性 情緒 情意 情興 懷抱 精采 風采
氣概 氣力
【仄】態度 體態 氣色 志氣 意思 意緒 度量 姿韻
【上去】表儀 性情
威儀
心情 音容 情懷 丰標 丰姿 襟懷 情悰 儀形
【平】精神 形容 形聲 儀容 聲音 姿容 顏容 聲容

。眉心口角第八　並實

【平】眉心　眉尖　眉頭　心頭

【上仄】口頭　舌頭　鼻頭　膝頭　指頭　骨頭　手頭　手心

掌心　背心　指尖　面皮　脚頭

【仄】口角　眼角　額角　指尾　手背

【上平】頭角　頭頂

。纖腰細臉第九　上虛　死　下實

【平】纖腰　輕腰　柔腰　尾眉　纖眉　修眉　彎眉　明眉

翠柳似明眉　芳腮　香唇　芳唇　明眸　鮮膚　豐肌　清肌

香肌　枯腸　柔腸　香腮

【上仄】秀眉　曲眉　淡眉　細眉　廣眉　細腰　小腰　弱腰

嫩腮　薄髭　美腮　美髭　美鬚　美髯



【仄】細臉　嫩臉　瑩臉　媚臉　美目詩美目盼兮　媚眼　俊眼

巨眼　秀眼　膩體　冷眼　俗眼　老眼　亂髮　短髮

短鬢　皓齒　硬脊　強項　利口　巨擘　細腕　大手

燕許大手筆　妙手　好手　辣手　敵手　老手

【上平】斜眼　芳鬢　踈髮　華髮　嬌眼　眵眼　凡眼　香臉

衰鬢　纖手　高髻　欹髻　嬌面　豐臉　纖指　香面

高手

。肌香臉細第十　上實　下虛　死

【平】肌香　肌豐　顏溫　顏酡　顏衰　顏頹　心清　心安

心閒　心和　唇焦　心平　心勞　心寒　心灰　心寬

情深　情多　情親　神清　神疲　眉脩　腸枯　眉長

身安　身長　唇枯　魂清　辭窮

身安 身衰 香枯 魂清 禪寂

情深 情多 情濃 神清 神疲 眉脩 腸枯 眉長

心閒 心和 香焦 心平 心勞 心寒 心灰 心寬

〔平〕肌香 肌豐 顏溫 顏酡 顏衰 顏頹 心清 心安

○肌香臉細第十 〔上去〕仄

高手

〔平〕裊鬟 纖手 高髻 軟髻 嬌面 豐臉 纖指 香面

斜眼 芳鬢 疎鬟 華髮 嬌眼 盼眼 凡眼 香臉

手纖纖詩大 妙手 好手 辣手 敵手 老手

短鬢 皓齒 硬脊 鐵頂 利口 巨擘 細腕 大手

巨眼 秀眼 瘦體 冷眼 俗眼 老眼 亂髮 短髮

〔仄〕細臉 嫩臉 瑩臉 媚臉 美目 盼兮清揚美目 媚眼 俊眼



嫩腮 薄髻 美腮 美鬢 美鬟 小腰 楚腰

〔去〕秀眉 曲眉 淡眉 細眉 廣眉 細腰

香肌 枯腸 柔腸 香腮

明眸眉撫今以 芳腮 香唇 芳唇 明眸 鮮膚 豐肌 清肌

〔平〕纖腰 輕腰 柔腰 尾眉 纖眉 脩眉 彎眉 明眉

○纖腰細臉第九 〔上去〕仄

〔平〕頭角 頭頂

〔仄〕口角 眼角 頸角 指尾 手背

掌心 背心 指尖 面皮 腳頭

〔上去〕口頭 舌頭 鼻頭 膝頭 指頭 骨頭 手頭 手心

〔平〕眉心 眉尖 眉頭 心頭

○眉心口角第八 〔平仄〕

上仄
體柔　體輕　色溫　髻偏　意濃　體舒　體胖　手高
手輕　手纖　手低　指纖　指尖　足輕　步輕　步高
汗流　眼高　眼空　眼明　眼眵　眼昏　眼嬌　目明
耳聰　鬢濃　鬢華　鬢衰　淚垂　臉豐　肉豐　肉勻
臂長　骨清　骨堅　齒寒　志高　志卑　趣卑　趣佳
意清　氣高　氣剛　氣清　氣和　氣溫　氣平　氣充
氣豪　氣衰　膽寒　力雄　力綿　力衰　力窮　力微

仄
臉細　臉瘦　臉瑩　體瑩　體潔　體壯　體弱　骨強
骨硬　骨貴　脊硬　骨瘦　骨冷　眼媚　眼俊　眼秀
眼小　眼暗　目盼　耳熱　耳順　耳聵　項強　口訥
口給　口捷　志大　志小　齒豁　氣浩　氣壯　氣餒
性靜　性僻　色厲　性懶　性敏　意美　意厚　意密
意懶　力壯　力大　力小　力薄　髻小　髮秀　鬢薄
鬢亂　鬢短　髮短　色媚　色瑩　舌腐

上平
心靜　心逸　心泰　心大　心小　心醉　心穩　心冷
心遠（心遠地自偏）　唇小　情重　情厚　情密　情少　神定
神爽　顏瑩　顏厚　膚瑩　膚膩　膚潤　肌潤　肌瑩
肌瘦　腰細　腰小　腰軟　腰瘦　肩聳　眉淡　眉秀
眉皺　眉細　眉小

○芳心密意十一（與人事門離愁別恨互用）
上虛　死　下實

平
芳心　良心　真心　閒心　歡心　堅心　芳顏　衰顏
嬌顏　溫顏　嬌容　芳容　衰容　癯容　癯顏　芳情
幽情　閒情　真情　濃情　高情　深情　幽懷　高懷
芳懷　芳姿　嬌姿　英姿　幽姿　閒身　芳聲　清聲

嬌聲　新聲

【上去】壯心　小心　壯懷　雅懷　曠懷　老懷　麗容　雅容

美容　冶容　媚容　艷容　美顏　老顏　厚顏　美姿

密情

【入】密意　雅意　好意　美意　厚意　艷質　美質　麗質

淑質　雅態　美態　老態　美貌　令色　艷色　美色

媚色　壯志　雅志　大志　銳志　浩氣　銳氣　秀氣

雅興　逸興　妙趣　雅趣　遠處　俗處　劣相

【上平】佳興　芳興　清興　高興　嬌態　佳色　芳質　芳迹

芳意　微步　英氣　豪氣

。侵晔撲面十二　【上虛】活【下實】

【平】侵晔　薰晔　侵肌　沾襟　薰人　蒸人　隨人　牽人



撩人　愁人　宜人　羞人　催人　侵人　齊眉　纏頭

纏腰

【上去】襲人　可人　動人　惱人　觸人　逼人　暢人　稱人

逐人　快人　困人　對人　向人　照人　醉人　悅人

醒人　感人　引人　稱心　快心　上心　動心　拂膺

稱懷　入懷　揷頭　上眉　上頭

【入】撲面　拂面　刮面　掠面　着面　上面　入眼　在眼

刺眼　照眼　潑眼　瞥眼　過眼　聒耳　到耳　入耳

溢耳　映臉　上臉　映面　入手　在手　掬水月在手　過目

觸目　耀目　在目　入目　眩目　悅目　溢目　可口

適口　爽口　入口　稱意　入意　可意　着我　快我

惹我　引我　惱我　稱我　上鬢　引鬢　入鬢　掠鬢

透骨 入骨 潑面 撲鼻 沒脛 透體 濺齒
【草】侵鬢 簪鬢 侵面 侵骨 侵眼 侵耳 牽我
撩我 侵體 薰面 薰眼 吹面 隨手

〇回頭送目十三 【上虛活下實】

【平】回頭 搔頭 擡頭 昂頭 低頭 梳頭 纏頭 埋頭
焦頭 抽頭 搖頭 蓬頭 開心 留心 收心 回心
安心 低心 平心 潛心 清心 澄心 誅心 銘心
傾心 歸心 欺心 甘心 灰心 安身 棲身 騰身
謀身 忘身 全身 輕身 投身 開眉 舒眉 伸眉
揚眉 軒眉 攢眉 顰眉 凝眸 回眸 開眸 開顏
舒顏 承顏 溫顏 怡顏 凝神 留神 勞神 勞形
忘形 忘情 凝情 留情 陶情 垂情 舒懷 開懷



忘懷 捐軀 搖唇 追蹤 披肝 披腸 撐腸 垂涎
流涎 摩肩

【上仄】點頭 仰頭 掉頭 出頭 縮頭 露頭 叩頭 轉頭
舉頭 用心 究心 捧心 嘔心 剖心 吐心 放心
息心 痛心 拊心 厲心 醉心 委心 處心 動心
立身 奮身 托身 寄身 屈身 遁身 辱身 碎身
潔身 澡身 潤身 委身 保身 展眉 皺眉 畫眉
蹙眉 息肩 弛肩 脅肩 曲肱 改顏 强顏 改容
動容 肅容 斂容 出辭 吐辭 出言 發言 折腰
寓情 適情 暢情 寄情 寄懷 放懷 暢懷 寓懷
剝膚 刻肌 捋鬚 鼓唇 下咽 搤吭 轉喉 折骸
噬臍 握拳 腐唇 摘髭 撚髭

〔入〕

送目 寓目 極目 縱目 舉目 拭目 注目 刮目
側目 着目 轉目 閉目 反目 舉眼 轉眼 着眼
刮眼 正眼 舉首 矯首 授首 俯首 引領 稽首
仰面 正面 反面 拭面 掩面 會面 掩鼻 掩耳
着耳 側耳 貫耳 洗耳 屬耳 塞耳 信口 守口
掩口 閉口 絶口 啓口 苦口 尚口 掉舌 鼓舌
結舌 扣齒 切齒 沒齒 啓齒 露頂 握髮 沐髮
濯髮 被髮 剪髮 散髮 理髮 整鬢 掠鬢 舉手
洗手 拱手 握手 出手 拍手 信手 假手 束手
反手 覆手 措手 失手 反掌 指掌 鼓掌 拍掌
拊掌 撚指 倒指 嚙指 染指 使指 奮臂 握臂
斷臂 掉臂 掣肘 露肘 剪爪 撫背 炙背 曝背



坦腹 鼓腹 捧腹 舉足 着足 駐足 濯足 失足
着脚 下脚 失脚 進步 退步 舉步 縱步 信步
失步 促膝 造膝 屈膝 抱膝 刺股 作股 拊髀
斫脛 叩脛 奮迹 蹙額 緩頰 掩淚 食肉 粉骨
刻骨 破膽 立志 動志 奮志 奪志 溺志 作氣
下氣 使氣 斂氣 吐氣 掩涕 寓意 注意 着意
失意 得意 作意 正色 變色 着力 勉力 角力
鬬力 用力 努力 得力 借力 效力 拭淚

〔上平〕

翹首 回首 昂首 搔首 延頸 粧額 加額 張目
開目 瞋目 明目 開眼 張眼 傾耳 提耳 垂涕
流涕 開口 張口 緘口 鉗口 騰口 搖舌 饒舌
携手 搖手 分手 伸手 垂手 翻手 抽手 揮手

隸韻卷十

去八

交臂 彈指 眠指 伸指 翹足 伸足 摇足 抽足
旋踵 容膝 加膝 移步 披腹 張膽 持志 言志
持念 澄慮 安分 投分 剜肉

○心馳目送十四 〔上實〕 〔下虛〕活

〔平〕心馳 心存 心期 心思 心懷 心傳 心飛 心潛
心驚 心知 心勞 心忘 心遊 心灰 神馳 神遊
神交 眉開 眉舒 眉顰 眉伸 眉攢 顏開 顏舒
肩摩 情通 情親 情鍾 身親 魂飛 魂銷 唇亡

〔上去〕口傳 口吟 口談 口占 口開 耳聆 耳聞 耳聽
眼開 眼觀 眼明 目瞻 手提 手援 手携 手攀
手披 面陳 面從 面諛 面交 夢回 夢遊 眼空
眼穿 眼高 力爭 力窮 氣舒 氣吞 氣衝 指揮



〔仄〕目送 目斷 目瞬 目覩 目擊 目染 目視 眼語
耳屬 耳聽 耳悟 臂使 面折 面命 面接 面會
鬢彈 口授 口誦 舌擊 舌斷 鼻嗅 手捻 手弄
手舞 手舉 手執 手指 手撚 手擊 手植 手捧
手搦 足蹈 足躡 足履 脚踏 掌運 掌握 踵接
武接 膽破 膽落 膽戰 志在 志得 志慕 意動
意得 意會 氣動 氣使 氣化 力使 力舉 力拔
力到 興盡 興動 夢斷 夢破 夢繞

〔上平〕心想 心授 心動 心到 心醉 心會 心領 心服
心去 神動 神會 神發 情動 眉展 眉蹙 眉鎖
眉皺 腰折 腰屈 腰佩 身佩 身履 身歷 身任
腸斷 魂斷 頤指 膚受 膚合

。聞名見面十五

〔平〕聞名　聞聲　聞風　傳名　知名　知心　知音　觀心　〔上虛〕活〔下實〕
論心　傳情　傳神　言情　通情　原情　言懷
〔上仄〕度情　聽聲　寄聲　見顏　會心　諒心　望風　察言
聽言
〔仄〕見面　識面　會面　識性　會意　見意　問信　寄信
察色　見色　視面
〔上平〕觀色　觀行　傳意　傳信

。眉間臉上十六

〔平〕眉間　眉間一點黃　眉尖　眉端　腰間　腰邊　胷前　胷中　〔上實〕〔下虛〕死
心中　懷中　身中　身前　毫端
〔上仄〕眼中　眼前　目中　目前　耳邊　耳傍　耳中　腹中



手中　口中　掌中　意中　鬢中　鬢間　鬢邊　鬢根　愁眉侵鬢根
鼻端　舌端　面前
〔仄〕臉上　額上　面上　膝上　目下　目裏　眼底　眼裏
手內　手上　腹內　掌上　指下　足下　口內　口裏
耳內　耳畔　肘後　意內　杜意內稱長短　意外　背後　度外
頷下　驪龍頷下珠　頰上　眼上　眼下　舌上　脚下　鼻裏
腹裏　鬢畔
〔上平〕頭上　心上　心下　心裏　懷裏　腰上　腰下　腰畔
腰側　身上　身外　身後　眉上　眉際　眉曲　眉表
心曲　衷曲　胷次

。盈頭滿目十七

〔平〕盈頭　盈眸　盈身　盈襟　填胷　盈肌　〔上虛〕死〔下實〕

〔上去〕滿頭　滿懷　滿身　遍身　滿胷　滿襟　滿眸
〔入〕滿目　滿眼　滿面　滿體　滿手　滿足　滿鬢　滿袖
滿鼻　滿耳　滿口　滿臉　滿腹
〔上平〕盈袖　盈耳（洋洋乎盈耳哉）　盈手　盈面　盈臉　盈腹　盈鬢

○同心協力十八　〔上虛死〕〔下實〕

〔平〕同心　同謀　同盟　齊眉　齊肩
〔上去〕協心　合行　並肩　比肩　並頭　合謀　叶謀
〔入〕協力　叶志　接迹　接踵　戮力　獨力　共事　對面
〔上平〕同志　同力　同德　同事　偕老

○無情有意十九　〔上虛死〕〔下實〕

〔平〕無情　無心　何心　無言　何言　無蹤　無思　無營
無如　無才　無謀　無聊　無緣　無憂　多言　多情



多憂　多愁　多思　多能　多才　多知　多謀
〔上去〕有情　有懷　有心　有言　有知　有才　有形　有緣
寡謀　寡言　少恩
〔入〕有意　有恨　有約　有志　有力　有色　有影　有貌
有御　有迹　有計　絕口　絕迹　絕色
〔上平〕無意　無思　無力　無緒　無賴　無語　無迹　無色
無計　無策　無術　無分　無志　無慮　無故　無樂
無慾　無恥　多事　多恨　多慮　多慾

〔天文〕○冰肌雪體二十　與天文門雲頭雨脚互用　〔並實〕

〔平〕冰肌　霜肌　雲鬟　風鬟　星眸　冰姿　霜髯　霜鬢
霜髭　煙鬟　風姿　風標　天顏　天庭
〔上去〕雪髭　雪鬢　雪膚　雪肌　雪姿　雪容　雪肢　月眉

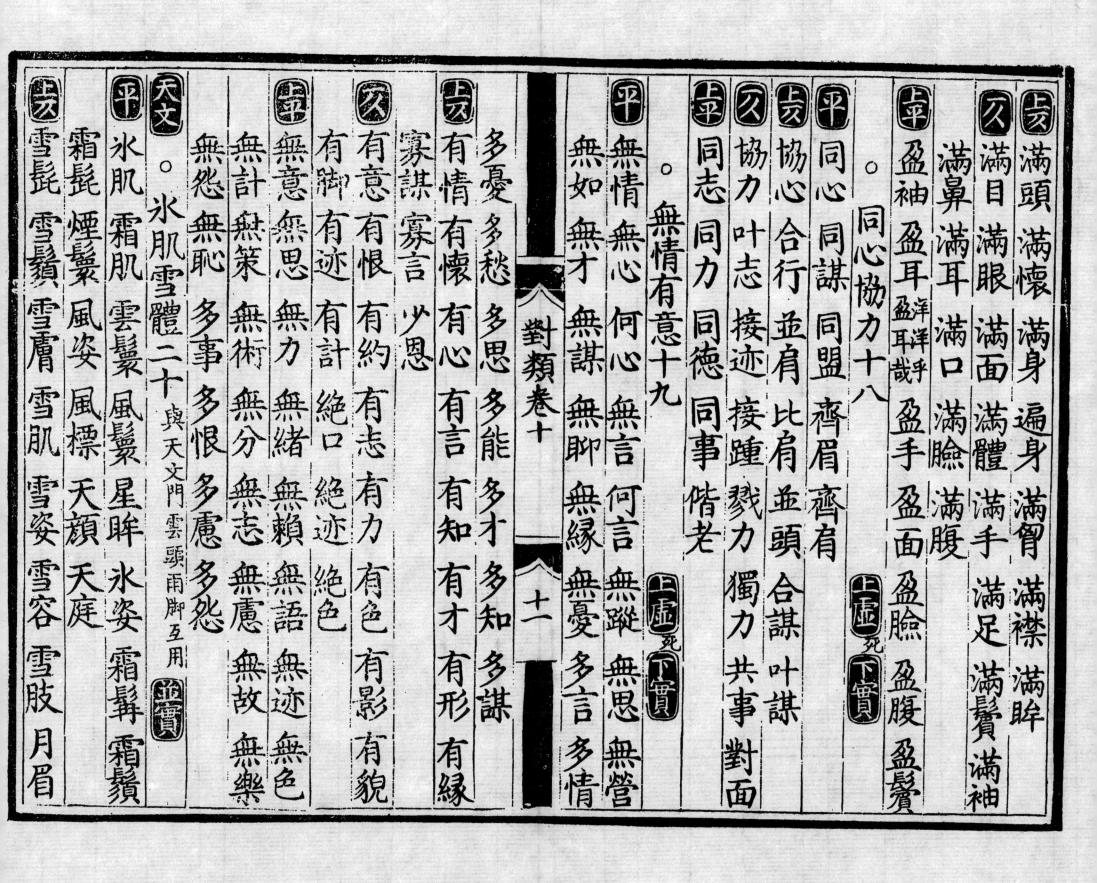

仄 雪髮 雪鬢 雪膚 雪肌 雪姿 雪容 雪股 月眉
霜鬚 煙鬟 風姿 風標 天顔 天庭
平 冰肌 霜肌 雲鬟 風鬟 星眸 冰姿 霜髯 霜鬢
天文 ○冰肌雪體二十 與天文門雪類兩門互用 上實
無愁 無心 多事 多恨 多慮 多愁
無計 無策 無術 無分 無志 無慮 無故 無樂
上去 無意 無思 無力 無藉 無賴 無語 無迹 無色
有術 有迹 有計 繡口 繡迹 繡色
仄 有意 有恨 有爲 有志 有力 有色 有膽 有貌
寡謀 寡言 少恩
上去 有情 有懷 有心 有言 有知 有才 有形 有緣
多憂 多愁 多思 多能 多才 多知 多謀



無知 無才 無謀 無聊 無緣 無憂 多言 多情
平 無情 無心 何心 無言 何言 無蹤 無思 無營
○無情有意十九 上虛 死 下實
上平 同志 同力 同德 同事 偕老
仄 協力 叶志 接迹 接踵 戮力 獨力 共事 對面
上去 協心 合行 並肩 比肩 並頭 合謀 叶謀
平 同心 同謀 同盟 齊眉 齊肩
○同心協力十八 上虛 死 下實
上平 盈袖 盈耳 盈耳哉洋洋乎 盈手 盈面 盈臉 盈眼 盈鬢
滿鼻 滿耳 滿口 滿臉 滿眼
仄 滿目 滿眼 滿面 滿體 滿手 滿足 滿鬢 滿袖
上去 滿頭 滿懷 滿身 遍身 滿胷 滿襟 滿腔

仄 雪體 雪鬢杜鬢髮應須雪滿頭 雪髮 雪臉 雪頰 雪腕 雪態
雪色 雨淚 露指 日表 雪手雪洗也並借對 電眼坡爛爛開電眼
上平 雲鬟 霜鬢 雲髻 霜髮 霞臉 星眼 冰體 冰臉
冰骨 雷腹

○眉雲鬢雪二十一 並實

平 眉雲 鬘雲 鬟霜
上仄 鬢雲 鬢霜 臉霞 眼波 淚冰 鬢星
仄 鬢雪 腕雪 淚雨
上平 肌雪 膚雪 眉月

○梳雲掃月二十二 上虛 活 下實

平 梳雲阿房宮賦綠雲擾擾梳曉鬟也 歛雲 堆雲 擦雲詞喚姮娥擦雲撥霧 披雲
上仄 掠雲 拂塵
仄 掃月眉 伴月明月伴愁眉 畫月眉 撥霧見擦雲下注

○紅冰白雪二十三 上平虛 下實

平 紅冰開元遺事楊妃初入宮與父母別淚落凍成紅冰 烏雲古詞烏雲不整鬢蓬鬆
上仄 綠雲注見梳雲下
仄 白雪白髮千莖雪

時令

○春心晚興二十四 並實

平 春心 春情 春懷 秋心 秋情 秋懷 春愁 秋愁
春容 春粧 晨粧
上仄 曉鬟 曉情 曉容 晚愁 夜愁 夜懷 晚懷 晚粧
曉粧
仄 晚興 晚思 曉夢 晝夢 午夢 夜夢 晚步 夜怨
夜恨 晚恨 晚趣 夜興 夜氣 旦氣

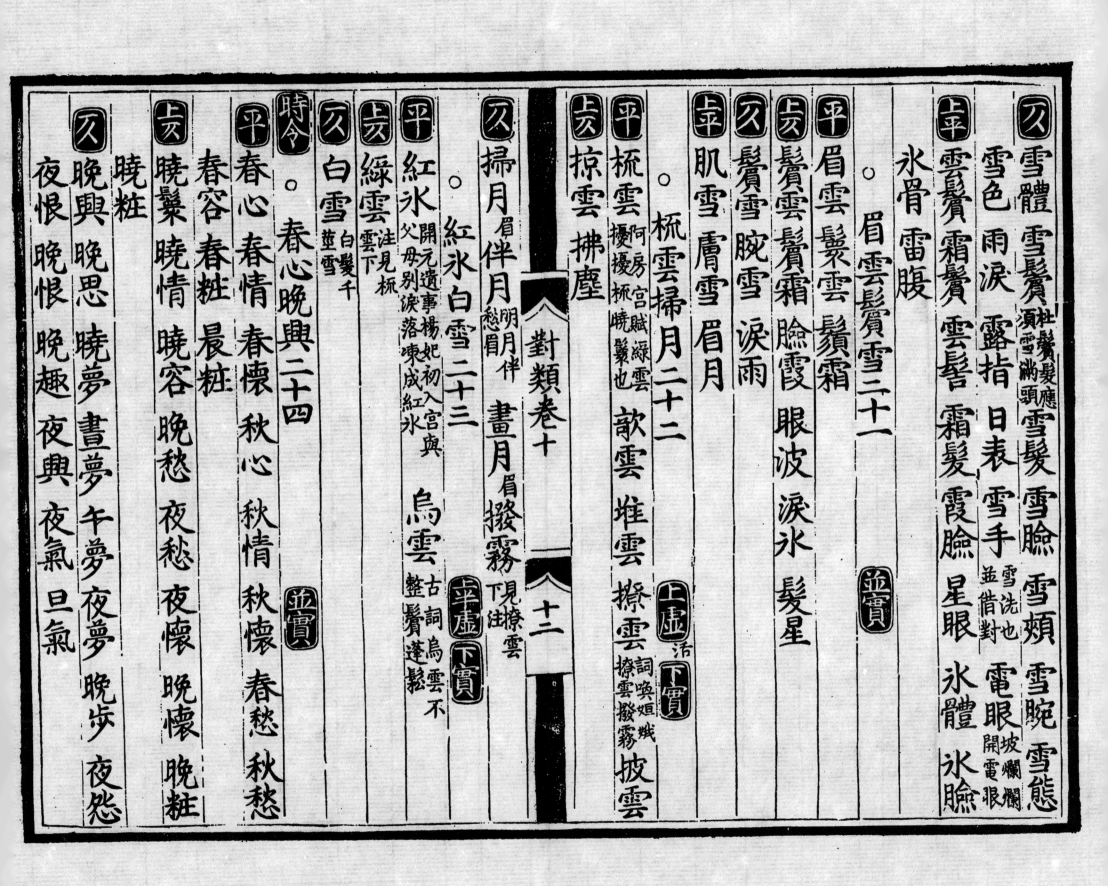

夜復 曉復 曉趣 夜趣 夜氣 旦氣

〔仄〕曉興 曉思 曉夢 晝夢 午夢 夜夢 曉夜 夜愁
曉妝

〔上仄〕曉鬢 曉情 曉容 曉愁 夜愁 夜寒 曉寒 曉妝
春容 春妝 晨妝

〔平〕春心 春情 春懷 秋心 秋情 秋懷 春愁 秋愁

〔時令〕。春心曉興二十四 〔平實〕

〔仄〕白雲 並白雲囊十

〔上仄〕綠雲 雲注下見杯

〔平〕紅冰 父聞守汜別歸淚落梅東坡入宮 冰典 思雲 雙古翻譚思雲不

。紅冰白雲二十三 〔平虛〕〔下實〕

〔仄〕掃月 盾 伴月 憐明留月伴 畫月 暈 掩霧 下見淮淼雲



〔上仄〕掠雲 拂塵

〔平〕流雲 桃寫河擁落淋宮滿鏽雲 斂雲 推雲 撥雲 披雲 〔上虛〕〔下實〕

。流雲掃月二十二

〔平〕卯雲 膚雲 冒月

〔仄〕鬢雲 腕雲 淚雨

〔上仄〕鬢雲 鬢霜 臉霞 眼波 淚冰 髮星

〔平〕眉雲 鬟雲 鬢霜

。眉雲鬢雪二十一 〔平實〕

冰骨 雪膚

〔上平〕雲鬢 霜鬢 雲髮 霜髮 霞臉 星眼 冰體 冰臉

雲色 雨淚 露指 日表 雲手 雲眼

〔仄〕雲體 雲鬢 雲髮 雲臉 雲貌 雲態

上平 春夢 秋夢 春興 秋興 春思 秋思 春恨 秋恨
春怨 秋緒 秋怨

地理 ○ 情田性地二十五 並實
平 情田 詩講學來情田 情瀾 心源 心淵 心田
上去 壽山 性淵 量波 性湍
入 性地 氣海 福海 性境 性水
上平 心石 心地

○ 横山剪水二十六 上虛 活 下實
平 横山 眉 横波 目 凌波 凌波微步 傾河 韓顛借不口如傾河
上去 映山 眉 溜波 目
入 剪水 詩雙眉剪秋水 列岫 詞眉如列岫巧畫難成
上平 堆石 拳



花木 ○ 腮桃臉杏二十七 並實
平 腮桃 顏桃 唇櫻 心蘭 心茅
上去 臉桃 齒榴 鬢蓬 眼花 指葱 額梅 手荑
入 臉杏 齒瓠 質柳
上平 肌栗 眉柳 腰柳 腮杏

○ 根心本性二十八 並實
平 根心 叢身
上去 本身 植身 本心 本情 核名
入 本性 本意 植意
上平 根性 根意

○ 生花起粟二十九 上虛 活 下實
平 生花 坡雪詩光搖銀海眩生花 生蓮 飛蓬 注見蓬首下

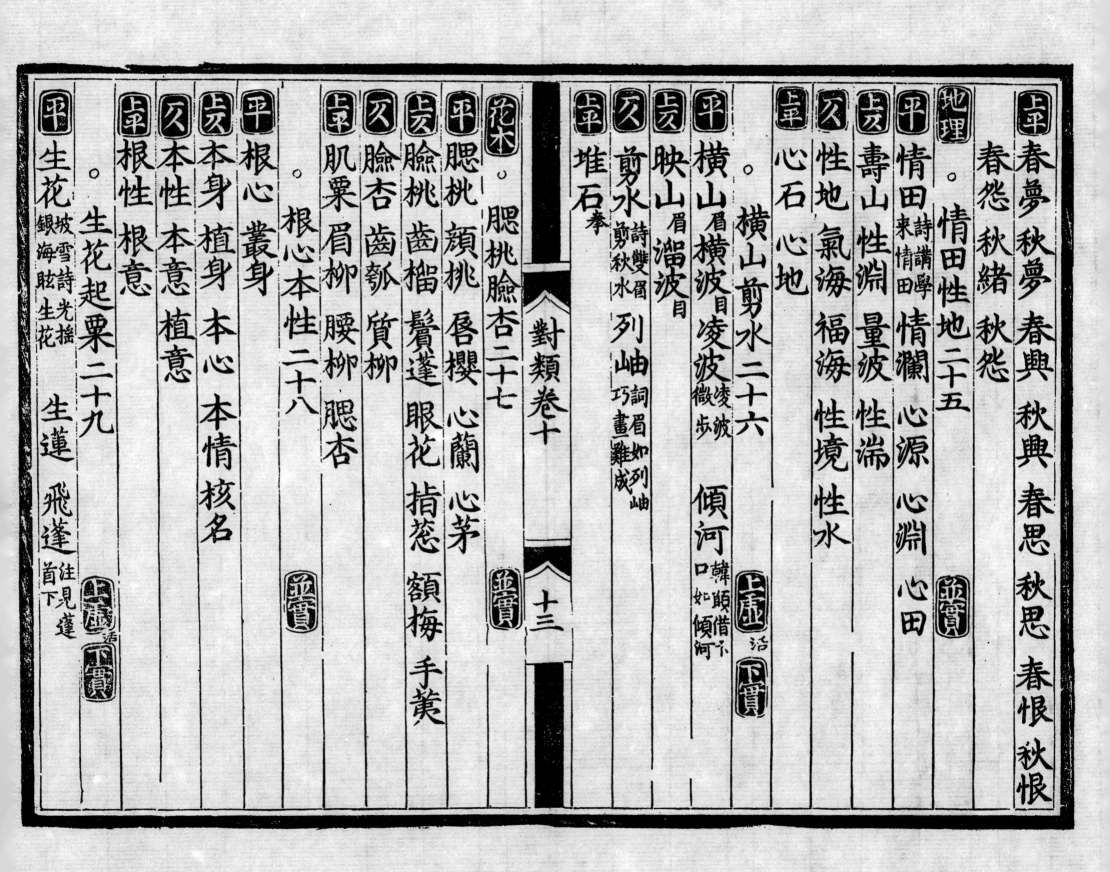

〈懷麓堂卷十〉

〈十三〉

上去 步蓮

仄 起粟 雪詩凍合玉樓寒起粟 舞柳腰 畫柳 抹柳 並眉

上平 生粟

鳥獸 ○ 龍顏鶴髮三十 並實

平 龍顏 漢高祖隆準龍顏 龍姿 唐太宗龍鳳之姿 蛾眉 厖眉 蜂腰 美人纖腰也

鴉鬟 龜齡 狼心 鶯喉 龜年 獐頭 唐李揆謂苗晉卿曰獐頭鼠目

子乃求官耶 鳶肩 唐馬周鳶肩火色 烏鬟

上去 鶴齡 鳳姿 虎頭 相者見班超曰虎頭燕頷飛而食肉 鳳毛 稱人子曰鳳毛 翠眉

翠鬟

仄 鶴髮 老人髮白如鶴 燕頷 注見虎頭下 鶴膝 鶴筭 鼠目 注見獐頭下

鵠志 鳳髻

上平 鴉鬢 蟬鬢 蟬翼鬢 螺髻 鴉髻 螓首 犀首 烏鬢



○ 心猿氣馬三十一 並實

平 心猿 心鴻 孟心以爲鴻鵠將至 眉蛾 鬟鴉

上去 氣虹 髻螺

仄 氣馬 意馬 夢蝶 志鵠

上平 心羽 身羽 眉顣 心鵠

○ 堆鴉拂翠三十二 上虛 活 下實

平 堆鴉 雲鬢巧堆鴉 盤鴉 詩眼橫秋水髻盤鴉 排犀 齒也 非熊 顰蛾 眉

上去 食牛 徐卿二子歌小兒五歲氣食牛 臥龍 孔明臥龍 聳鳶

仄 拂翠 眉 化蝶 夢 立鵠 蹙顣 眉 畫象 傳說

聲色 ○ 朱顏綠鬢三十三 平虛 下實

平 朱顏 紅顏 蒼顏 蒼老也 紅腮 朱腮 丹唇 紅唇

朱唇 丹心 丹衷 青眸 青瞳 蒼容 蒼髯 蒼髭

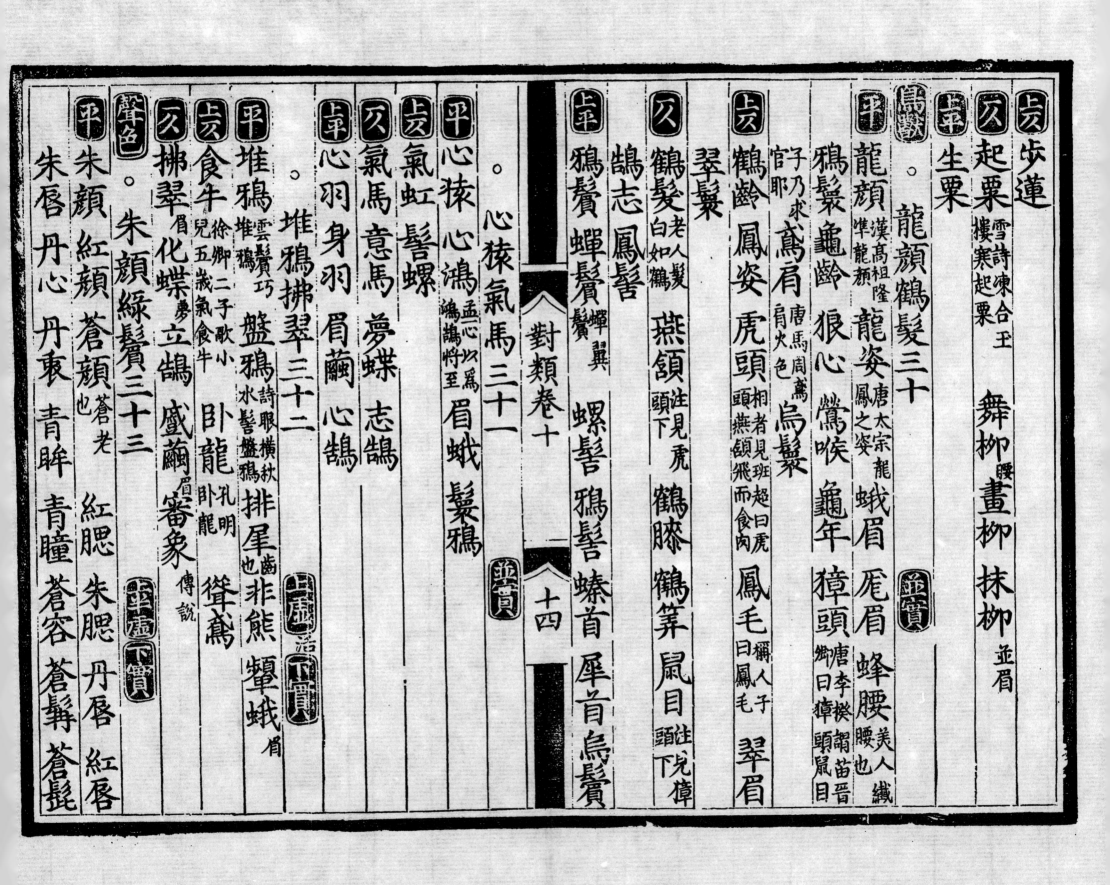

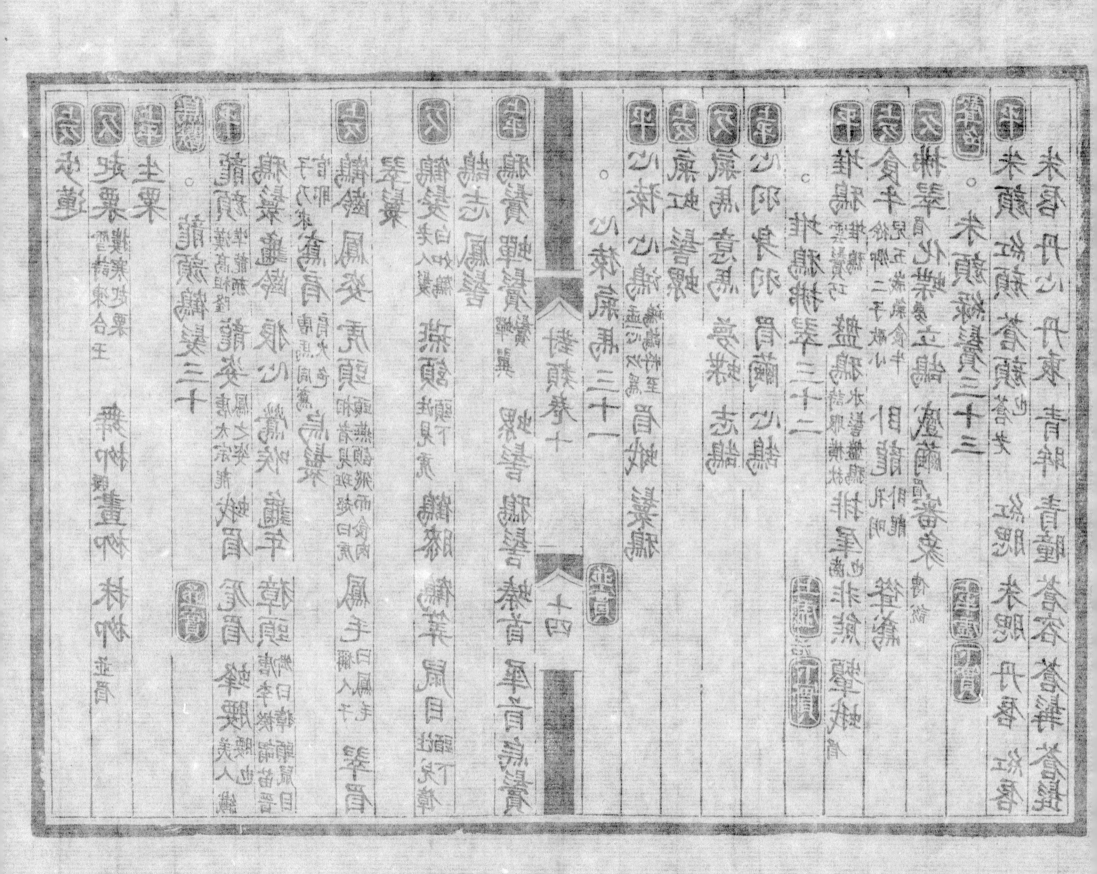

蒼鬚 紅粧 紅姿 紅肌
〔上仄〕素肌 粉腮 素腮 絳腮 素腰 素胷 翠眉 黛眉
白眉 赤眉 赭顏 黒頭 綠鬟 翠鬟 絳唇 白頭
赤心 紫髯 粉容 碧瞳
〔仄〕綠鬢 白髮 皓髮 黒髮 綠髮 碧眼 白眼（阮籍能青白眼）
粉面 白鬢 白面 白臉 素臉 粉靨 素手 素指
素體 皓體 素質 皓齒 皓腕 皓首 白首 白骨
素志 素臉 素頰 素面
〔上平〕青眼 紅臉 丹臉 朱臉 紅靨 青髮 黃髮 華髮
班鬢蒼鬢

○ 顏紅鬢白三十四

〔平〕顏紅 顏丹 眉青 唇紅 眉黃（眉間一點黃）〔上實下半虛〕鬟青 唇丹



顏蒼 眉青
〔上仄〕臉紅 眼青 鬢蒼（鬢髮各已蒼）鬢華 鬢班
〔仄〕鬢白 髮白 鬢綠 髮綠 髮白 齒白 臉素 臉白 眼碧
眼白
〔上平〕頭白 頭黑 腰素 眉黛 眉翠 腮粉 髯紫 心赤
情素

〔器用〕○ 心旌膽斗三十五

〔平〕心旌（心搖搖如懸旌）心機 音鐘 〔並實〕
〔上仄〕舌鋒 矢刃 智囊（晁錯號爲智囊）
〔仄〕膽斗（姜維膽如斗）腹笥（邊韶腹便便五經笥）腹藁 腹劒
〔上平〕心鏡 心鑑 心燭 心火

〔下實〕○ 瓊肌玉骨三十六 〔並實〕

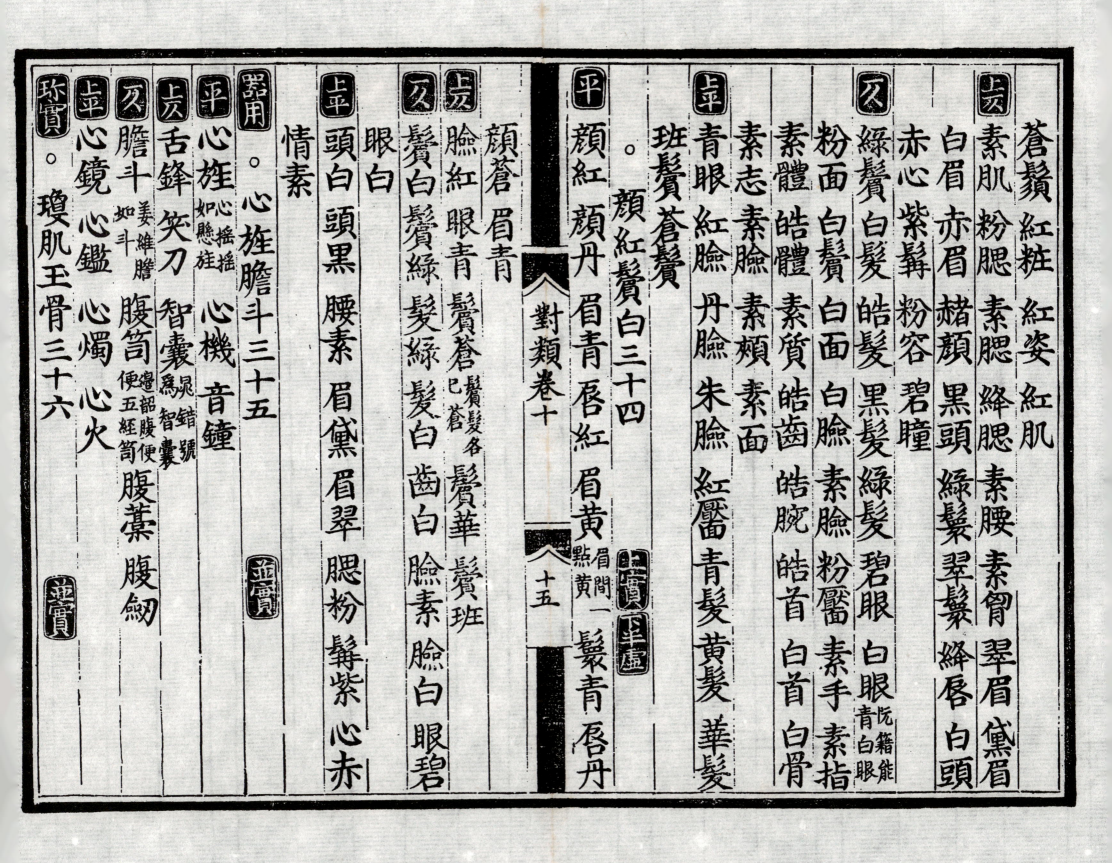

平 瓊肌 酥胷 金聲 珠眸

上仄 玉腮 玉顏（選有女顏如玉） 玉肌 玉膚 玉容（長恨歌玉容寂寞淚闌干）

玉音 錦心 綉腸 石心（詩我心匪石） 鐵腸 黛眉 翠眉

仄 玉骨（詞冰肌玉骨） 玉頰 玉腕（詞玉腕托香腮） 玉臂（杜清輝玉臂寒） 玉色

玉體 玉貌 玉手 玉指 綉口（柳文錦心綉口） 玉面 鐵面

鐵骨

上平 銀甲（杜銀甲彈箏用） 金步 珠淚 珠汗 絲鬢

○ 銅關玉笋三十七 並實

平 銅關（目） 金蓮 金關（丹田下） 泥丸（腦間） 金精 丹田 黃庭

上仄 玉堂（額間） 玉樓（肩） 玉山（身） 玉鑪（鼻） 玉鈎（足） 絳宮 紫房（左肩穴）

仄 玉笋（指） 玉植（身） 玉準（鼻） 紫極 紫府

上平 銀海（目） 珠戶（右肩丸） 玄谷（泥丸宮） 銀粟



○ 胷酥腕玉三十八 並實

平 胷酥 唇脂

上仄 口脂（詞私語口脂香） 眼珠 唾珠（咳唾成珠玉） 鬢絲 汗珠 淚珠

仄 腕玉 唾玉 臉玉 指玉 齒貝

上平 眉黛 眉翠 顏玉 肌玉 容玉

○ 凝脂枕玉三十九 上虛活下實

平 凝脂（口） 堆酥（胷） 成珠（唾） 垂珠（淚） 搖金（步）

上仄 濺珠 滴珠 鑠金（並淚）

仄 枕玉（腕） 露玉（指） 點漆（眼） 束素（腰） 抹翠（眉）

上平 凝玉 橫玉（並腕） 頳玉 排貝 含貝（並齒）

文史 ○ 詩腸酒量四十 並實

平 詩腸 歌喉 歌唇 吟肩 文腸 詞頭 歌頭 書皮

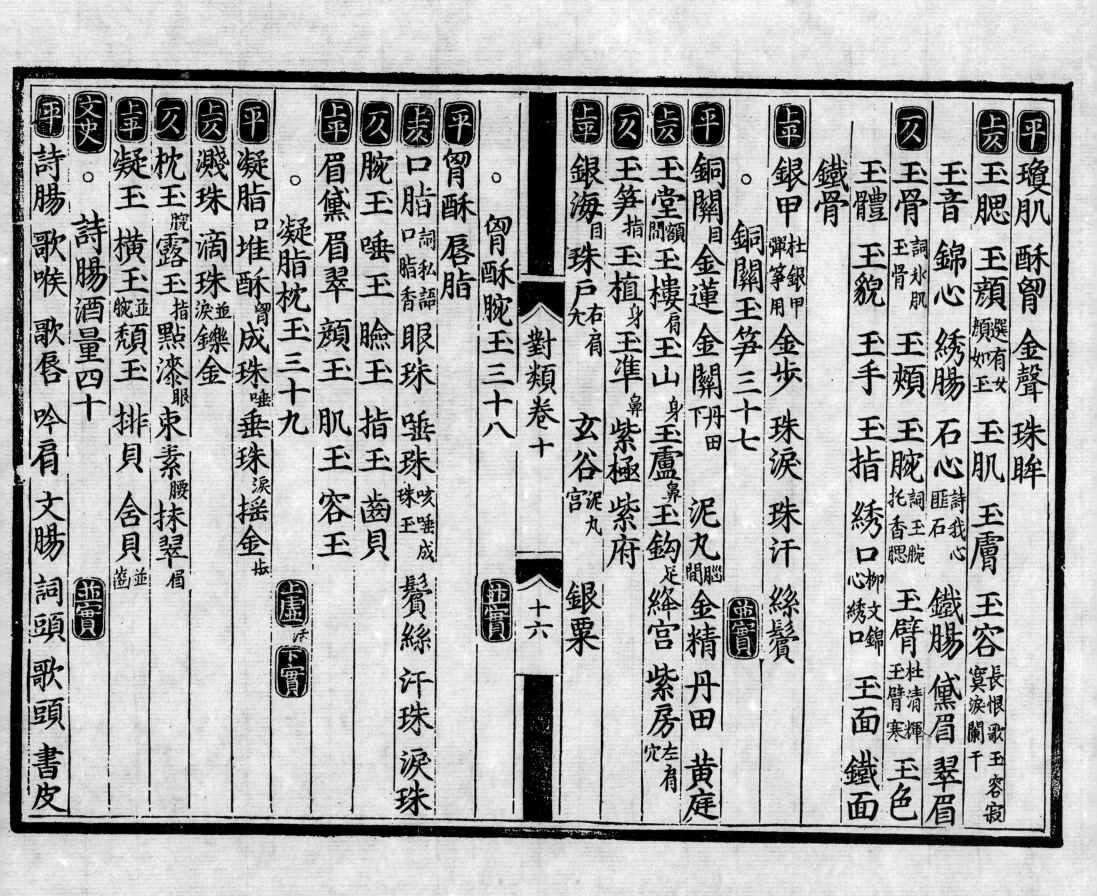

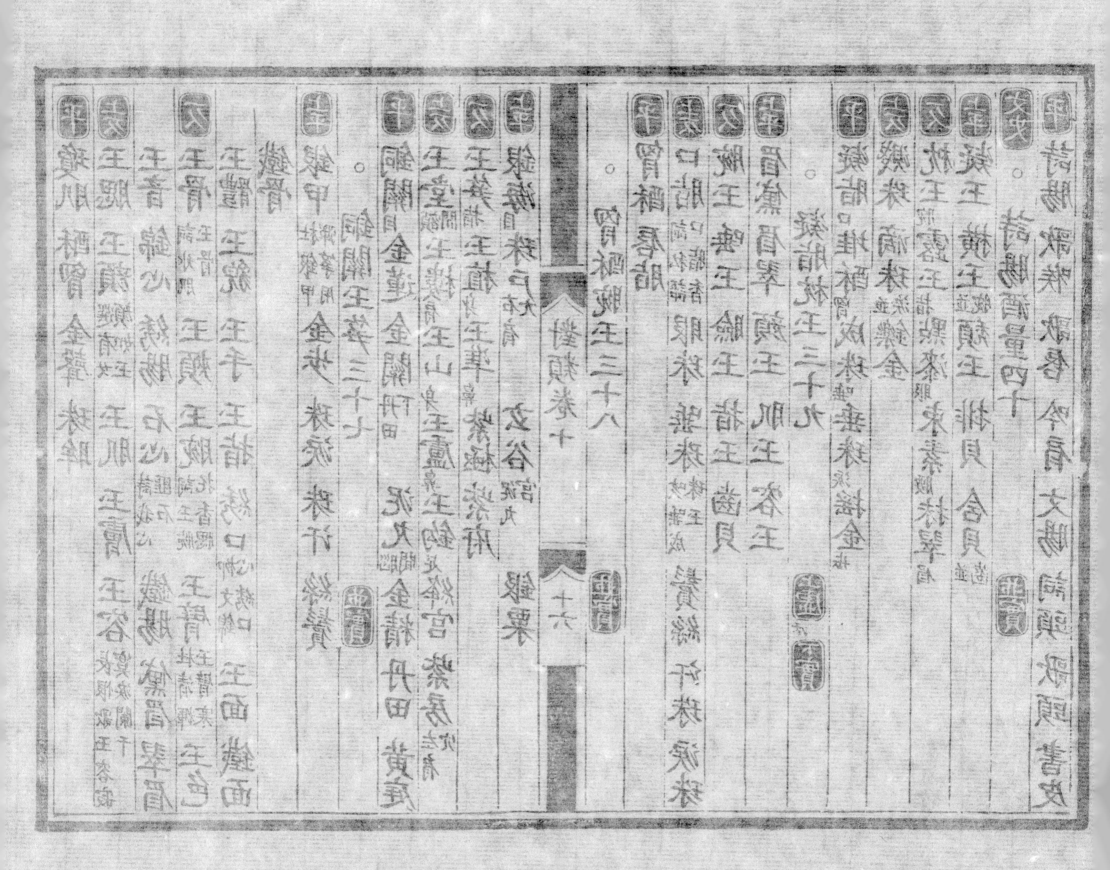

封皮

[上去] 酒容 酒懷 酒痕 酒腸 卷頭 誥頭 筆頭 字頭
話頭 利心 誥身

[入] 酒量 酒思 酒興 酒力 酒德 酒色 酒病 字面
字眼 字脚 韵脚 紙面 舞態 睡思 賦手 道脉

[上平] 書眼 書脉 書腹 書體 文體 詩體 文氣 文脉
經腹 詩膽 詩脉 詩手 詩眼 書尾 篇尾 篇目
題目

[人事] ○歌聲淚顆四十一 [上平虛] [下實]

[平] 歌聲 歌音 啼痕 容華

[上去] 笑聲 笑顔 淚痕 夢魂 睡魂 語聲 笑痕

[入] 淚顆 淚點 睡思



[上平] 歌韻 魂夢（古詞幾回魂夢）

○愁眉醉眼四十二 [上平虛] [下實]

[平] 愁眉 愁心 歡心 傷心 悲心 憂心 愁懷 離懷
離腸 愁腸 愁顔 懽顔 悲顔 羞顔 憂顔 酡顔
温顔 和顔 愁容 懽容 憂容 羞容 離情 懽情
吟情 吟肩 歡聲 愁聲 悲聲 歌喉

[上去] 笑容 笑顔 醉顔 醉容 喜容 怒容 賞心 樂心
喜心 愧心 恨心 怨心 怨懷 悶懷 醉懷 笑聲
怨聲 醉眸 舞腰 醉魂

[入] 醉眼 恨眼 困眼 睡眼 望眼 醉臉 醉頰 醉態
喜氣 喜色 醉色 愠色 怒色 怒髪 苦口（良藥苦口利於病）
笑口 笑面 笑靨 笑臉 淚臉 樂意 樂事 怒目

笑口 笑面 笑靨 笑臉 笑意 樂事 愁目

喜氣 喜色 醉色 溫色 愁色 愁貌 苦口

【仄】醉眼 恨眼 困眼 睡眼 望眼 醉臉 醉頭 醉態

愁聲 醉時 舞腰 醉魂

喜心 愧心 恨心 愁心 愁懷 閒懷 醉懷 笑聲

【上仄】笑容 笑顏 醉顏 醉容 喜容 愁容 賞心 樂心

吟情 吟肩 蛾眉 愁聲 悲聲 歌聲

溫顏 和顏 愁容 懽容 憂容 羞容 離情 懽情

離腸 愁腸 愁顏 懽顏 悲顏 羞顏 憂顏 醉顏

【平】愁眉 愁心 懶心 傷心 悲心 憂心 愁懷 離懷

○愁眉醉眼四十二

【上平】歌韻 魂夢 回首 夢魂 舊夢



【仄】淚顆 淚點 離思

【上仄】笑聲 笑顏 淚痕 夢魂 離魂 語聲 笑痕

【平】歌聲 歌音 啼痕 容華

【入】○歌聲淚顆四十一

頭目

經眼 詩腸 詩脉 詩手 詩眼 書尾 篇尾 篇目

【平】書眼 書脉 書顛 書體 文體 詩體 文氣 文脉

字眼 字脚 韻脚 紙面 筆態 聯思 賦手 道脉

【仄】酒量 酒思 酒興 酒力 酒德 酒色 酒病 字畫

話頭 利心 語身

【上仄】酒容 酒懷 酒痕 酒腸 卷頭 話頭 筆頭 字頭

封皮

醉夢　睡思　俗慮
上平　愁色　愁緒　歡意　離意　愁思　吟思　吟骨　悲思
憂色　愁眼　嬌眼　嬌面　愁鬢　愁淚　香汗　輕汗
幽思　幽興　清興　高興

。歸心別意四十三　上虛活　下實
平　歸心　歸情　離魂　離歌
上去　去情　去心　別心　別腸　別聲
入　別意　別緒　去志　去意
上平　歸意　歸思　離緒　來意　離思　歸興

人物　。心君氣帥四十四　並實
平　心君　心官　心工　心神　瞳人
上去　耳官　目官　眼童
入　氣帥　志帥　氣卒　慾寇
上平　心主　心匠



。堯眉舜眼四十五　並實
平　堯眉　堯心　湯身　文心　田心　周情　文聲
上去　舜躬　舜瞳　禹聲　禹心　尹躬　郤鼻
入　舜目　禹迹　禹步　孔思
上平　堯首　唐體　皐顙

。蠻腰素口四十六　並實
平　蠻腰（楊柳小蠻腰）
上去　沈腰（古詞沈腰易瘦沈休文也）　楚腰（故詞楚腰如柳不勝春）
入　素口（櫻桃樊素口）
上平　潘鬢（潘岳鬢）

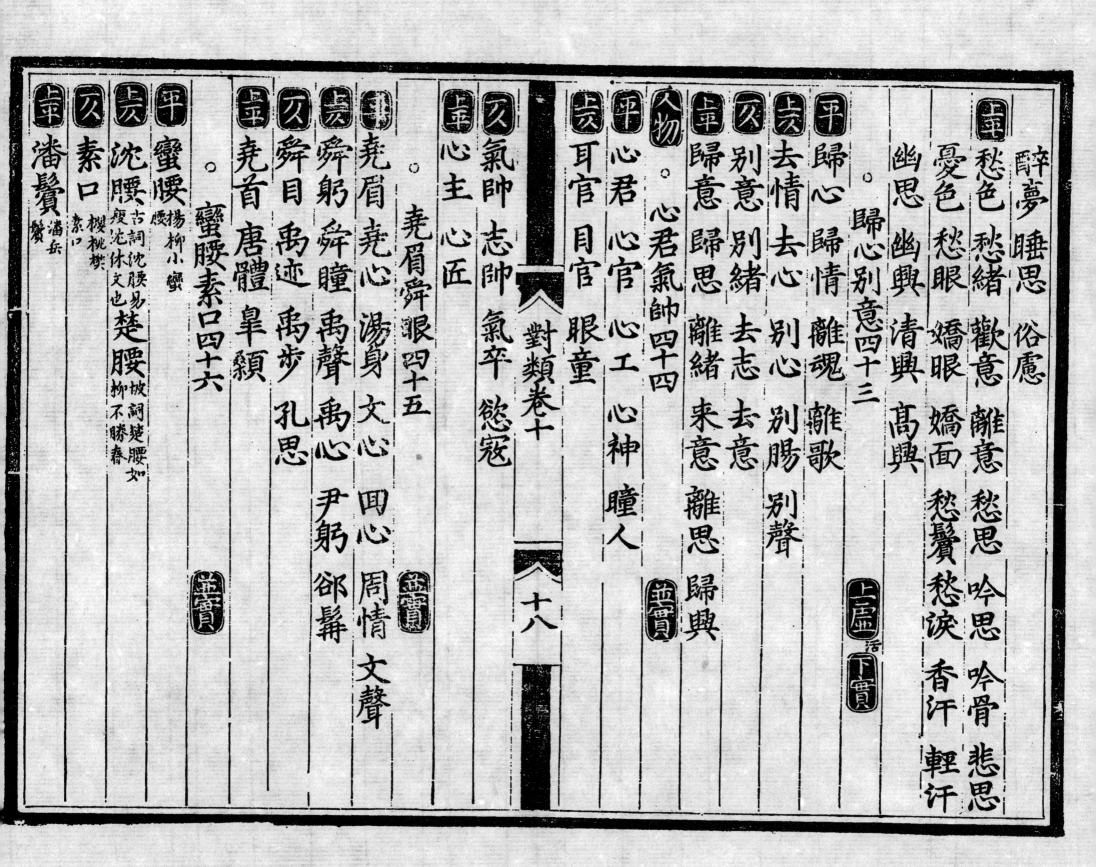

【平】潘贊（小注：竝洛也）
【仄】素口（小注：素微 之靜 心縹）
【上】流聲（小注：聲古 流詞 林沈 文聽 也為）華聲（小注：聲故 不尚 曉詩 聲曉 文）
【平】靈嬰（小注：嬰為 婦神 小嬰）
○靈嬰素口四十六 【出賞】
【去】華首唐豐皐額
【仄】辭目尚延尚步孔思
【上】辭躬辭嬗尚聲尚心尹躬徐華
【平】華眉華心湯身文心回心周情文聲
○華眉辭躬四十五 【出賞】
【平】心主心匠
【仄】氣神志神氣卒悠悠



【去】耳宜目宜服童
【平】心吾心宜心工心神靈人
○心吾氣帥四十四 【出賞】
【入】
【上】歸意歸思離緒來意離思歸與
【仄】別意別緒去志去意別聲
【去】去情去心別心別聽
【平】歸心歸情離魂離歌
○歸心別意四十三 【出蘊】 【卯賞】
幽思幽興清興高興
憂途悠眼嬌眼嬌面悠鬢悠吹杳汗輕汗
【上】悲途悲緒嬌意離意悲思令思令骨悲思
辭夢曲思俗慮

○人情客意四十七 〔並實〕

〔平〕人情　人心　民心　農功　儒風　人生

〔上去〕客情　客懷　客愁　婦容　婦功　女工　毋儀　毋心

我心

〔入〕客意　客況　客思　婦道　婦志

〔上平〕民事　人事　農務　農事　農業　儒業　儒教　師道

師訓

○仙容國色四十八 〔並實〕

〔平〕仙容　仙姿　仙風　宮腰　宮情　宮腮　宮眉　宮粧

天姿　塵容　禪心　禪機

〔上去〕道心　道粧　俗粧　俗緣　俗情　佛緣

〔入〕國色傾國之色　國艷　國手　院本　俗態　道眼　道貌



道骨

〔上平〕宮樣　宮體　宮髻　宮鬟　宮額　仙質　天質　塵態

仙態　仙骨　凡骨

○梳成綰就四十九 〔並虛〕活

〔平〕梳成　粧成　堆成　行來　舒開　拈來

〔上去〕豁開　展開　抹成　困酣　畫成　摘成　綰成　削成

〔入〕綰就　綰作　畫就　撚斷　促就　促損　皺損　揭起

掠起

〔上平〕拈起　縈損　堆起　梳起　粧出

○濃粧淡掃五十 〔上虛〕死 〔下虛〕活

〔平〕濃粧　深粧　輕梳　閑搔　長顰　輕拈

〔上去〕淨粧　淺粧　淺顰　艷歌

【仄】淡掃（淡掃蛾眉朝至尊） 巧畫 淺畫 懶畫 半（去）斂 細綰 密裹
淨拭 美盼 巧笑 細舞 細抹 淡拂
【上平】微笑 高綰 斜綰 新畫 新染 濃畫 輕抹 私語
輕掠 深畫 微露 新沐

【數目】。雙眸兩鬢五十一　【上虛】死【下實】
【平】雙眸 雙眉 群心 群情 三心 重瞳
【上仄】一心 二心 兩心 寸心 片心 一身 兩眉 兩眸
四聰 四肢 六情 七情 百骸 十腸
【仄】兩鬢 兩眼 兩耳 兩臉 衆手 一面 四面 半面
兩手 兩足 兩意 十手 十目 十指 一指 一口
八口 百口 萬口 衆口 四目 衆目 一意 一體
四體 片舌



【上平】雙眼 雙目 群目 雙手 雙耳 雙臉 雙足 千口
多口

【連綿】。鬅鬙褭娜五十二　【並虛】死
【平】鬅鬙（詞蓬鬢鬅鬙雪滿衣） 蕭騷（短髮蕭騷） 稀疎（蓬鬢稀疎久） 欹斜
妖嬈 纖長（指） 豐腴 趑趄（選足將進而趑趄）
【上仄】囁嚅（選口將言而囁嚅）
【仄】褭娜（腰） 艷冶 瘦削 醞藉 雅淡
【上平】清瘦 清潔

【疊字】。纖纖嫋嫋五十三　【並虛】死
【平】纖纖 摻摻（手） 彎彎（眉） 便便（腹） 蕭蕭（鬢） 峩峩（雲髻）
【仄】嫋嫋（腰） 粲粲（選粲粲美顏色） 擾擾（鬢） 爛爛（眼） 種種（短髮）

【三字】。心腹臣股肱相五十四

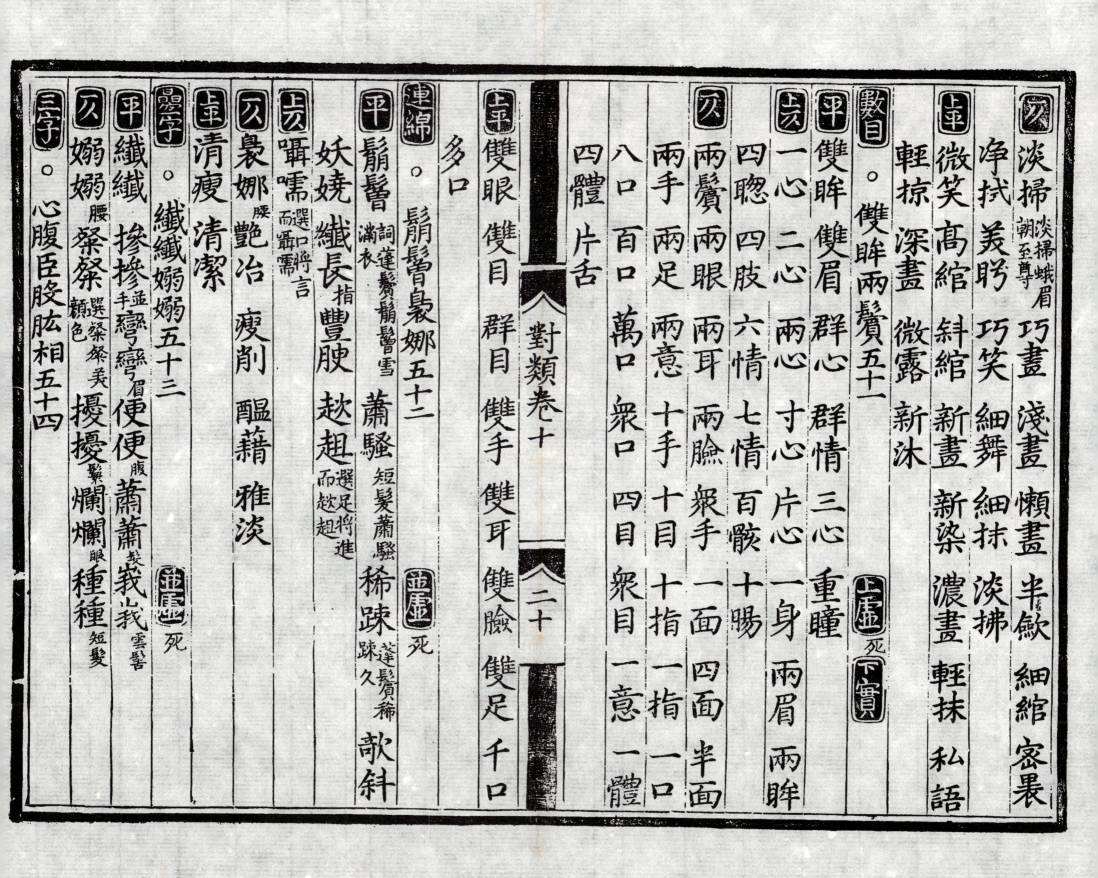

平 心腹臣 骨肉親 肺腑親 髖髀侯 骨鯁臣 耳目臣
手足親 體貌臣 股肱臣 喉舌官
仄 股肱相 膂力士 血氣勇 氣質性 聲色慾 心腹疾
筋力士 形色性 爪牙士 膽畧士

○天地心湖海志五十五

平 天地心 風雲懷 雷霆威 雨露恩 山岩心 泥土蹤
丘壑情 風月心
仄 湖海志 廊廟志山澤有廊廟之志 雲霄志 雲霧鬢 霜雪鬢
山水意 田園志 江湖夢 煙霞志 天日表 雲雨夢
塵埃貌 山澤志

○心潛天手捧日五十六

平 心潛天 誠格天 氣凌雲 氣薄雲 威震霆 聲摩空



威如雷 量包天
仄 手捧日 忠貫日 手捧月 氣衝斗

○心如淵性猶水五十七

平 心如淵 性猶湍 思湧泉 力拔山 口懸河 量如陂
辯傾河 思如泉 壽如山
仄 性猶水 智若水 量如海 心匪石 氣沮石 眉剪水
福如海 心如水

○松栢姿蒲柳質五十八

平 松柏姿 楊柳腰 蘭蕙心 蓬蒿心 棟梁材 桃杏腮
仄 蒲柳質 桑榆景 萍蓬跡 舟楫器 椿松壽

○腹詩書胷心錦綉五十九

平 腹詩書 貌塵埃 壽椿松 跡萍蓬 齒瓠犀 鬢雪霜

仄 心錦綉 腸錦綉 心金石 唾珠玉 心鐵石 形土木

○錦綉胷脂粉態六十

平 錦綉胷 錦綉腸 鐵石心 土木形 粉黛容 錦綉心

仄 脂粉態 珠玉唾 詩書腹

○鴻鵠心燕雀志六十一

平 鴻鵠心 虎狼威 龍鳳姿 虎狼心 鳥獸羣 犬羊心

龜鶴形 騏驥才

仄 燕雀志 貔貅士 貔虎士 鯤鵬志 蝸蚓志 猿鶴侶

魚鰕侶 龜鶴筭 燕雀賀 蛟龍志 虹霓氣 熊羆士

○膽通身拳透爪六十二

平 膽通身 手應心 手拊膺（蜀道難以手拊膺坐長歎） 氣拂膺

仄 拳透爪 手使臂 足加首 手加額 臂使指



○客子心丈夫志六十三

平 客子心 故人情 赤子心（大人不失其赤子之心） 遊子心 舉子心

野人心 老人心 君子心 故人心

仄 丈夫志 醉翁意 詩客興 將軍膽 男兒志 蚕婦歎

○澡精神正顏色六十四

平 澡精神 妙形容 美容儀 美風姿 正心身 愛髮膚

為爪牙 有威儀 美髭鬚 美鬚髯 應形聲 外形骸

割膏腴 洗瘡痍 勞形神

仄 正顏色 隆體貌 美風度 倚聲勢 託心腹 舉手足

多態度 披肝膽 塗肝腦 有膽志 勞筋骨 乞骸骨

露頭角 事口腹 養口體 事口吻 為喉舌 親骨肉

入骨髓 破聾瞽 伏筋力 動容貌

。九尺身三寸舌六十五

平 九尺身 方寸心 一寸心 十圍腰 一捻腰 數莖鬚

仄 三寸舌 一尺面 千里眼 萬里眼 千鈞力 一雙眼

。鬢蓬鬆胷磊落六十六

平 鬢蓬鬆 顏忸怩 眼精神 量寬洪 足趑趄 口囁嚅

貌侏儒 貌龍鍾 髮滄浪

仄 胷磊落 情展轉 意猶豫 腰裊娜 聲瀏亮 貌端正

貌閑雅 性明敏 聲欸乃 襟磊磈

。元首股肱精神心術六十七

四字 平 元首股肱 心術精神 耳目心思 心腹腎腸

仄 精神心術 氣質形體 聲色臭味 視聽言動 眼耳鼻舌

耳目手足 聲音笑貌



。柳眼花鬚桃腮杏臉六十八

平 柳眼花鬚 雲鬟花顏 錦心綉腸 玉貌絳唇 玉腕香腮

鐵心石腸 霧鬢雲鬟

仄 桃腮杏臉 柳眉星眼 雪膚花貌 莧腸藜口 蕙心檜質

露房煙臉 蘭心蕙性

。愉色婉容披肝露膽六十九

平 愉色婉容 被髮文身 鑿齒磨牙 昂首信眉 切骨傷心

粉骨碎身 察脉觀形 肖貌懷形 出性入情 聚精會神

開心見誠 正心脩身 嚼齒穿齦

仄 披肝露膽 開心見膽 開心寫意 痛心疾首 沽名矯節

扼吭拊背 聳容動色 卧薪嘗膽 茹毛飲血 舉手動足

超凡入聖 傾心吐膽 銘心刻骨 懲忿窒慾 明心見性

存心養性　清心寡慾　同心叶力　傾心側意

○耳聰目明神閑意定七十

平　耳聰目明　手胼足胝　肌細肉勻　唇亡齒寒　髮少顏衰
志動神馳　年老心閑　目斷心飛　心折骨驚　口誦心惟
精固神凝　膽喪魂飛　心平氣和　心合意同　口是心非
髮白顏紅　鬢綠顏紅　頭白齒黃　心廣體胖

仄　神閑意定　頭童齒豁　頭脂足垢　唇焦口燥　身輕步疾
耳聞目見　眼花耳熱　跂行喙息　腹非心謗　手舞足蹈
芒寒色正　神交意合　志變神動　心平體正　貌同心異
脚輕手快　心悅誠服　唇紅齒白　年高德劭

○皓首龎眉巧言令色七十一

平　皓首龎眉　皓腕酥胷　皓首脩眉　苦口焦唇　善性良心



義膽忠肝　佞舌諛唇　上智下愚　上膏下肓　皓齒細腰

仄　巧言令色　清聲使體　鮮膚秀色　仙風道骨　焦頭爛額
柔情綽態　貞姿勁質　和顏悅色　丹唇皓齒　明眸皓齒
纖腰皓齒　龎眉皓齒　小唇秀靨

○心地圓明性天廣大七十二

平　心地圓明　心鑑昭融　心淵靜深　性天泳游　心地渾涵

仄　性天廣大　性地昏塞　心機洞達　性真凝合　性天澄徹
心地澡瀹　性淵潔瑩

○方寸乾坤一襟風月七十三

平　方寸乾坤　萬善淵源　萬慾室廬　兩鬢雪霜　一性風霆

仄　一襟風月　一身造化　一心宇宙　方寸日月　一身天地

○性內陰陽胷中天地七十四

平 性内陰陽　物外形骸　心上經綸　性内宫庭　夢裏溪山
性中範圍
仄 胷中天地　胷中宇宙　一中造化　手中日月



對類卷之十

# 對類卷之十一

## 衣服門

### ○冠冕第一

平 實字

冠（儒冠）旒（藻旒）纓（冠之垂帶）緌（冠帶也）紘（繫冠帶）巾（帽也）襟（衣襟）

簪（首笄）衣（衣服）袍（公服）衫（小襦也）袪（袖也）裘（皮衣）裾（衣裾）

紳（大帶）鞋（履也）鈿（金花飾）裙（下裳）衾（衾被）襦（短衣）幃（淨帳）

靴（皮履）茵（褥也）梳（理髮具也）環（耳環）囊（有底曰囊）韋（皮也）氈（毛席）

皮（皮弁）[革需]（鞋帶）釵（女人釵）笄（冠簪）

仄

冕（冕旒）弁（冕也）紞（塞耳纊也）服（衣服）綬（袍綬）領（衣領）衽（襟也）

襖（夾衣也）袖（衣袂）袂（袖也）衱（裾也）帶（衣帶）佩（佩服）袴（脛衣）



衮（衮服）被（寢衣也）襁 褓（小兒衣）帳（幃帳）幔（幔帳）幄（帷幄）

屨（皮履）屧（芒鞋）幕（帷也）屩（草履）屣（履也）舄（履也）珥（耳環）

屐（屐屨）褥（茵褥）袋（囊屬）襪（足衣）革（皮曷）褐（粗布衣）橐（無底曰橐）

鈿 鐲 釧（丞女飾）

### ○羅錦第二

平 實字

羅（繒有紋者）綈（厚繒）縑（綃也）絲（蠶口所吐）綿（綿絮）繒（帛也）綾

紗（輕曰紗）綃（生紗）絺（細葛）麻（苧也）

仄

錦（織文）綺（文繒）繡（刺文）縠（紡絲以織）練（素練）縷（縷線）帛（繒也）

枲（麻枲）絹（絹帛）綌（粗葛）葛（葛布）紵（麻紵）布（布衣布被）絮（綿絮）

縕（亂絮）纊（綿也）線（合絲為線）

### ○鮮潔第三

虛字 死

平

鮮（新鮮）華（華采）香（馨香）輕（精細）長（修長）重（重複）精

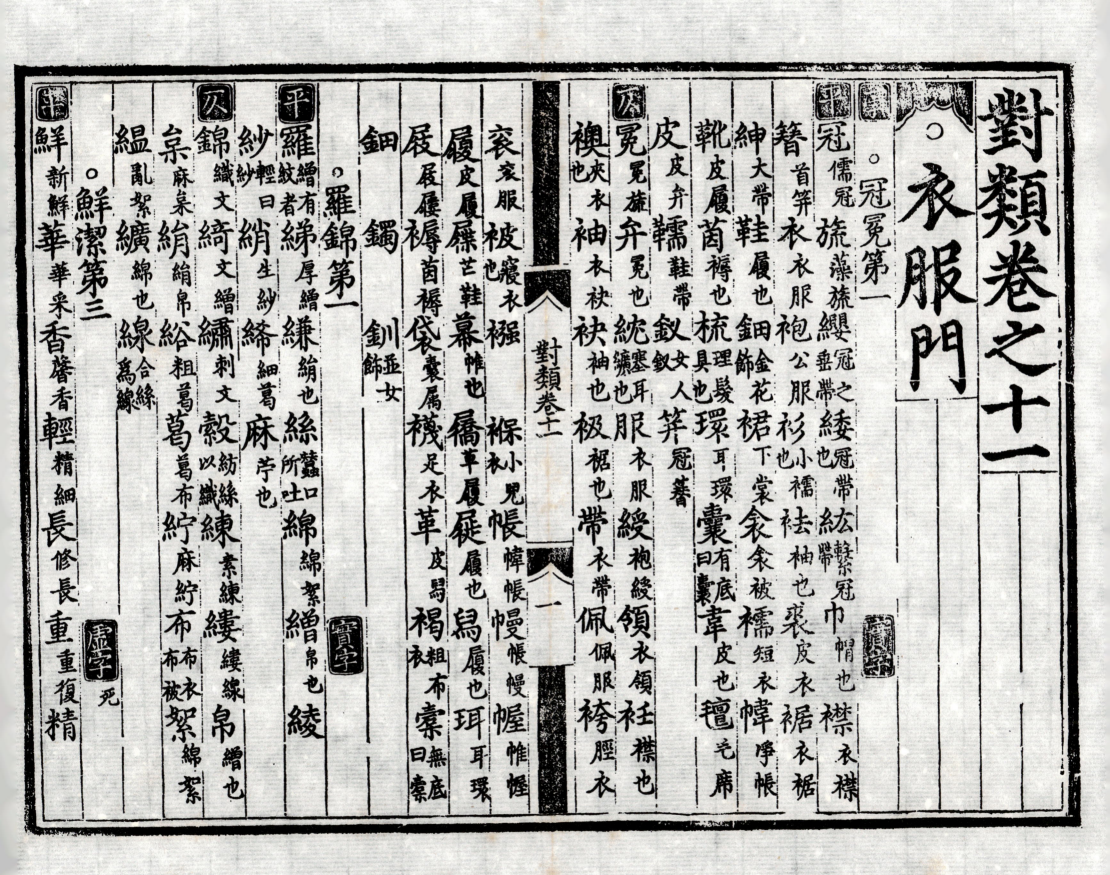

鮮 新鮮 華 華采 香 香馥 輕 輕細 素 素 重 重 濃 青

○鮮華精潔對三

縕 亂麻 纊 新綿也 絲 集 絲 高合絲

帛 麻米 葛 絺 綌 粗葛 布 麻布 紵 本 布

錦 織文 綺 文繒 繡 刺文 紋 綵 綾 素 綾 京

紗 紗 縠 日 絹 葛 麻 也 紵 絹

羅 絹 綃 經 絲 縑 總 綈 帛 帛也 繒

○羅錦對一

錦 緞 練 繒 文

履 草 革履 屐 也 襪 褐 布 葛 衣

屨 鞋 履 也 屐 木 屨 也 帶 耳 巾

衣 服 衣也 袍 裳 褐 中 也 帽 衣



襖 衣 袖 本 衫 袖 也 帔 裙 也 帶 衣帶 佩 佩 衣

冕 冕 弁 冕 也 縧 也 服 衣 服 裳 裳 衣

皮 皮 弁 鞋 靴 冠 人也 髮 冠 簪

靴 皮 屨 靴 鞋 也 袴 也 冠 裘 衣 鞋

紳 大帶 鞋 履 也 袍 金 衣 下也 裳 衣 衾

簪 首笄 衣 衣 服 袍 公 服 小也 襦 袖 衣 袍

冠 冠 衣 襦 帶 幘 巾 衣 襟

○冠冕對一

衣服門

對類卷之十一

單薄也 柔柔軟 寬寬大 芳美也 圓團圓 新 踈
粗

[仄] 潔潔淨 美美麗 厚重厚 窄狹也 短不長 博廣大 瑩
薄輕也 艷艷麗 細微細 好美也 重厚重 碎不圓也 軟
緆

○裁剪第四

[平] 裁裁製 縫縫衣 摳攬衣 披着也 褰揭起 垂垂下 [虛字] 活 彈去塵
挼 裝裝束 藏收藏 鋪鋪陳 穿穿着 簪簪帶 舒舒開
張開張

[仄] 剪剪截 織機織 着着衣 脫褪衣 浣洗濯 曳拖曳 繫繫縛
刺 整修整 製製衣 衲衲衣 洗浣洗 補補衣 繡刺繡
戚



[二字] ○衣冠帳幕第五 [並實]

[平] 衣冠 衣裳 衣巾 衣裘 衣衫 衣衾 衣襟 衣裾
襟裾 冠裳 衾襢 簪裳 裘裳 簪紳 簪纓 冠巾
衾裘 衾裯 箕裘記良弓之子必學為箕良冶之子必學為裘 釵裙

[上仄] 冕旒 服章 袞裳 縉紳 佩衿 組纓 枕衾

[仄] 帳幕 帳幔 袞冕 冕服 冕弁 黼黻 黼冕 印綬
璽綬 組綬 領袖 屨舄 絇舄 絇佩 服飾 佩服
襁褓

[上平] 衣服 襟帶 襟袖 車服 輿服 衿佩 環佩 襦袴
帷幄 帷帳 帷幔 簾幙 冠蓋 冠帶 冠屨 冠冕
冠弁 冠服 簪紱 簪珥 旒冕 裘冕 紳帶 紳綬
袍笏 靴笏 紳笏 巾帨 巾櫛 巾屨 裀褥 氈褥

袍芴 靴芴 紳芴 巾悅 巾幘 巾屨 帕帽 幢幪
冠弁 冠服 簪紱 簪珥 旒冕 裘冕 紳帶 紳紱
帷幄 帷帳 帷幔 簾幙 冠蓋 冠帶 冠屨 冠冕
衣服 襟帶 襟袖 車服 輿服 袗佩 環佩 襦袴
襤褸
璽綬 組綬 領袖 纓緌 衿佩 服飾 佩服
帳幕 帳幔 衮冕 冕服 冕弁 黼黻 黼冕 印綬
冕旒 服章 衮裳 縉紳 佩玲 組纓 楡衣
衾衣 衾裯 質裘 衣服
襟裾 冠裳 衾檀 簪裳 襲裳 簪紳 簪纓 冠中
衣冠 衣裳 衣巾 衣襪 衣衫 衣衾 衣襟 衣裙
○衣冠服幕第五



麾
刺 壁 衣 衰 衣 袍 衣 袴 衣 佩 衣 繡 刺
剪 裁 剪 縫 青 衣 服 衣 裳 衣 裔 衣 攀 衣
佩 玉 佩 瑗
綬 袞 衣 藏 衣 蕭 衣 錦 衣 繡 衣 褒 衣 帶 衣 帽 衣 舒 衣 褶
授 衣 綬 衣 履 衣 被 衣 表 衣 衾 衣 襌 衣
○衣裳器用第四
縵 綺 羅 紈 綃 縠 好 章 不 蕃 紬 練
繡 斐 美 厚 重 朱 不 薄 大 繚
組
章 色 絳 衆 寶 大 光 色 圓 圖 紫 緣

衾枕軒冕

○絲羅錦綺第六

【平】絲羅 絲綿 絲縑 絲麻 綈繒 羅紈 【並實】紗綃 紘綖

【上仄】綺羅 繭絲 絮繒 枲絲

【仄】錦綺 錦繡 錦縠 貝錦 布縷 布幣 布帛 絹帛

貨帛 幣帛

【上平】羅綺 綾絹 綿絹 絲絮 絲縷 絲纊 絲帛 絲枲

繒絮 麻縷 絺苧 麻枲 麻苧 絺綌 絺繡 綾錦

繒帛 縑帛





○羅衣錦障第七

【平】羅衣 羅裳 羅衫 羅裙 羅巾 綸巾 【並實】綾衾杜綾衾夜直頻

羅衾 羅幃 羅襦 羅袍 綈袍 綃囊詞尚有綃囊照書卷

紗廚 紗囊 紗巾 紗衫 紗衣 絲鞋 麻鞋

【上仄】錦袍 縕袍子路衣敝縕袍 布袍 錦衣 絳衣 錦衾 紙帷

錦帷 錦囊 錦茵 錦襦 錦韉 繡鞋 繡幃 繡衾

繡茵 繡衣使者繡衣持斧 繡裳 錦裳 布衣 布衾 布衫

布巾 布裙 錦標 布冠

【仄】錦障 錦幄 錦帳 綺帳 紙帳 錦被 繡被 布被

紙被 繡幄 錦袖 繡幌 繡幙 繡褥 綺幄 錦褥

繡帶 綺帶 錦帶

【上平】羅帳 紬被 絲履 紗帳 羅幕 羅袂 羅帶 羅袖

羅帕 羅襪 羅綬 羅扇羅扇撲流螢 紈袴 紈扇 紗帽

綾被 羅帽 氊帽 氊帳 【並實】

○袈裟絡索第八

○衣服部第八

綾帕　羅襪　羅綬　羅帕　錦衣　紗帽　綾羅　紗帽

羅巾　羅裳　羅衫　羅帶　羅衣　羅帶　羅袖

羅帶　紬衣　錦帶　紗衣　羅衣　羅帶　紗帽　羅袍

繡帶　綺帳　錦袖　繡幔　繡袍　綺帳　錦裙

紈扇　錦帳　錦袍　綺帳　紈扇　錦衣　綺帳　布袍

布巾　布裙　錦襦　布冠　錦衾　布衣　布衾　布衫

繡茵　繡衣　繡裳　錦衾　布衣　繡衾　布衫

錦帳　錦囊　錦茵　錦帳　錦韉　繡鞋　繡衾　繡衾

錦袍　繡袍　布袍　錦衣　絲鞋　錦衾　紈扇

紗巾　紗帽　紗縠　紗巾　紗衫　紗衣　絲鞋　麻鞋



羅衾　羅幃　羅帳　羅袍　綃帳　綃囊

羅衣　羅裳　羅衫　羅帶　羅巾　綸巾　綾衾

○羅衣錦障第七

繒帛　縑帛

緇衣　麻衣　緇衣　麻衣　麻鞋　紵衣　綺衣　綾錦

羅綺　綾羅　絲帛　絲布　絲綿　絲縷　絲帛　絲綿

貨帛　布帛

錦綺　錦繡　錦衣　貝錦　布縷　布帛　布帛　綃帛

綺羅　繡衣　綿綺　絲絲　絲麻

絲羅　絲綿　絲縷　絲麻　絲帶　羅衫　紗帽　紗衣

○絲羅錦綺第六

衣服　軒冕

【平】裻褮　連環　流蘇五色絲同心

【去】接羅帽也李詩倒着接羅花下迷　罣罳

【仄】絡索女人首飾　襏襫　襁褓小兒衣

【入】襴襆襴衫襆頭　旛勝　章甫孔子居宋冠章甫之冠

○釵符幔帶第九　並實

【平】釵符釵頭符　衣裾　衣船船領也　鞋韈　冠纓

【去】帳額

【仄】幔帶　襪帶

【入】衣帶　衣袖　衣袂　衫袖　裙帶

○簾衣戟帶第十與前類通用　並實

【平】簾衣　簾旌　簾鉤　冠緌　冠簪　冠紘　衣袪　釵翅

床帷　床幃



【去】笏囊　柱衣

【仄】戟帶　帳帶　箭袋　笏袋　座褥

【入】衫帶　衫袖　床褥　裙幅　冠級　衫領　衣袵

○羅紋繡色第十一　上實　下虛　死

【平】羅紋　絲條

【去】縠紋　繡紋　繡痕　練光

【仄】繡色　繡段　錦色　錦綵　錦艷　線縫

【入】羅段　絲縷　旗影

○峩冠博帶第十二　上虛　死　下實

【平】峩冠　巍冠韓巍冠講唐虞　高冠　圓冠　輕衣　深衣　寬衣

單衣　褒衣　鮮衣　華衣　輕裘　重裘　輕裾　長裾

華裾　輕衫　單衫　長衫　新袍　芳袍　重帷　長紳

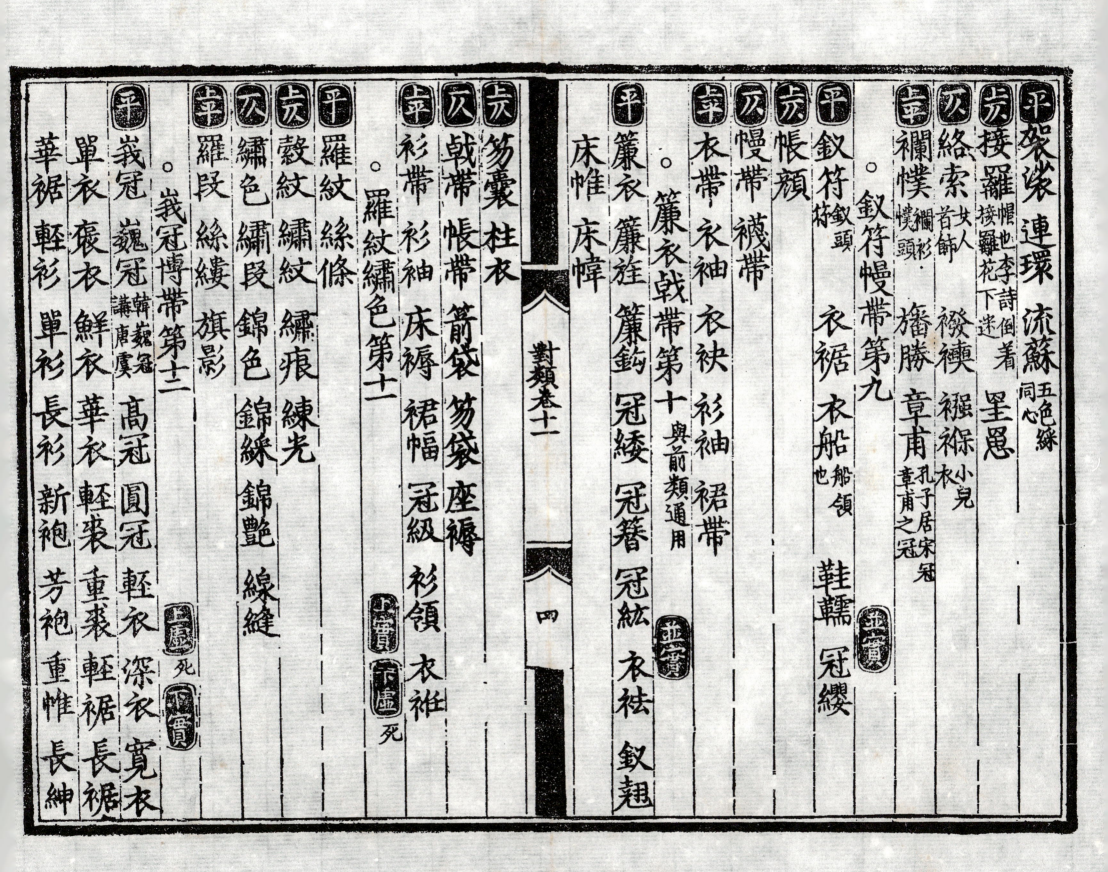

華綠色　草綠　古色　松綠　[illegible]　[illegible]　黃木
那木　[illegible]　[illegible]　[illegible]　[illegible]　[illegible]

（十）[illegible]　[illegible]　高[illegible]　圓[illegible]

○[illegible]第十二

（十）[illegible]絲[illegible]

（十）[illegible]紋　[illegible]

（十）[illegible]紋

（十）[illegible]紋

○羅紋[illegible]第十一

（十）[illegible]

（十）[illegible]

（十）[illegible]



（十）本[illegible]

○[illegible]第十[illegible]

（十）木[illegible]

（十）[illegible]

（十）[illegible]

○[illegible]第九

（十）[illegible]

（十）[illegible]

（十）[illegible]

（十）[illegible]

重衾　長衾　香衾　空衾　空囊　慳囊　輕巾　方巾

上仄　薄衣　短衣　潔衣　敝衣　短衫　薄衫　窄衫　短裘
褻裘　爛衾　薄衾　大冠　小巾　小鞋　短帷　薄帷
敝袍　敝裘　細氈

仄　博帶　短帶　小帶　大帶　破帽（坡破帽多情卻戀頭）　小帽　短帽
弊屣　薄服　麗服　吉服　盛服　潔服　褻服　短袂
窄袂　短袖　窄袖　薄袂　曲領　大袖　短褐　破衲
薄被　廣幪　雜佩　大佩　敝履　破履

上平　香袖　芳袖　長袖　單袖　寬袖　輕袖　輕袂　香袂
華服　鮮服　新服　卑服　常服　微服　端冕　華衮
香被　單被　重被　香佩　芳佩　欹帽　斜帽　輕帽
芳褥　穿履　方履　方屨　方領



○輕縑細練第十三　上虛　死　下實

平　輕縑　輕綃　生綃　香羅　輕羅　輕紗　新絲　輕絲
柔絲　纖絺

上仄　細絲　細縑　薄紗　薄羅　薄綃　亂絲　縐紗　縐絺

仄　細練　薄練　薄縠　細縠　細紵　薄綺　艷綺　美錦
麗錦　碎錦　弱線　細苧　薄苧　細葛（杜細葛含風軟）　細縷
大帛　大練　重幣

上平　輕縠　纖紵　新錦　鮮錦　纖纊　疏布　粗葛　長練
輕練

○衣單袖窄第十四　上實　下虛　死

平　衣單　衣輕　衣新　衣香　衣豊　袍新　袍鮮　袍輕
羅輕　羅香　鞋彎　紗輕　縑清　繒輕　絲輕　絲柔

綿輕 衾單 衾閒 衾長 衾重 裘長 裘輕

【去】袖長 袖香 袖單 袂長 袂輕 帶長 被香 被單

被閒 帽斜 帽低 帽欹 錦鮮 襪輕

【入】袖窄 袖短 袖大 袖小 袂短 袂薄 帶短 帶小

縠皺 縠麗 葛細 被薄 練潔 錦麗 綺麗 綺薄

綺艷 帽短 帽側 葛軟

【上】衣敝 衣破 衣潔 衣薄 衣窄 衣整 衫窄 紗淨

裳敝 袍敝 裙濕 巾墊 繒薄 紗薄 羅薄 鞋小

鞋細 鞋窄 裘厚 幃薄 縑細 絲細 絲軟 綿軟

綿薄 衾短 衫短 衫薄

○衣飄袂舉第十五 【上實】【下虛】死

【平】衣飄 衣沾 衣披 衣寬 衣垂 衣穿 釵橫 釵分



帷開 幃張 纓垂 紳垂 旒垂

【去】袖揮 袖牽 袖飄 袂飄 袂揚 幕垂 幕張 幕遮

幌開 錦舒 袂分 帽籠 帶垂 帶寬 屐穿 佩垂

帳垂 帳開

【入】袂舉 袖舉 袖惹 袖拂 袂判 帽脫 帽落 幔卷

幔展 幕展 幕卷 被擁 帶解 帶結 綵戲

【上】衣拂 衣解 衣惹 衣破 衣舞 衾擁 幬擘 巾折

巾蹙 茵展

○盈衣滿袖第十六 【上虛】死【下實】

【平】盈衣 盈襟 盈衾 盈巾

【去】滿衣 弄花香滿衣 滿幃 滿巾

【入】滿袖 滿袂 滿帳 滿幙 滿幅

上平 盔帽 盔帽

○囊中袖裏第十七 上實下虛 死

平 囊中 囊間 帷中 衣間 旒前 環中

上仄 袖中 袖間 帳中 帳前 袋中 幄中 幕中 幕前

席前

仄 袖裏 袖內 帳裏 帳上 帳內 席上 蓋底 幕後

幕下 帳下

上平 衣上 氈上 囊裏 帷下

天文 ○霓裳霧縠第十八 與天文門星珠月璧互用 並實

平 霓裳 雲裳 天孫為織雲錦裳 雲衣 雲裘 霞裳 霞衣 霞裾

冰綃 霜縑 霜縉 雲巾 霜衾 星冠 風帘

上仄 雪衣 雪縑 雪綃 雪羅 雪氈 雨衣



仄 霧縠 揚霧縠之組麗 雪練 雪絮 雪袂 月扇 月帳

上平 煙幙 雲幙 霞帔 霞錦 霞綺 霞袖 霞袂 冰簟

波簟 冰袖 杜袖冷如懷冰 霜練 霜被 霞佩 星弁 雲錦

雲絮 波練 波縠

○懷冰疊雪第十九 上虛 活 下實

平 懷冰 舒霞 錦 垂虹 帔 生塵 襪 凌波 凌波微步

上仄 擘雲 絮 織雲 剪雲 衣 裂霜 卧冰 簟 舞霓 袖

仄 疊雪 杜香羅疊雪輕 組霧 織霧 縠

上平 舒雪 綿

時令 ○春衫夏葛第二十 並實

平 春衫 春衣 冬衣 寒衣 冬裘 寒裘 寒衾 寒氈

春幃 春袍 秋衣 春羅 涼衫

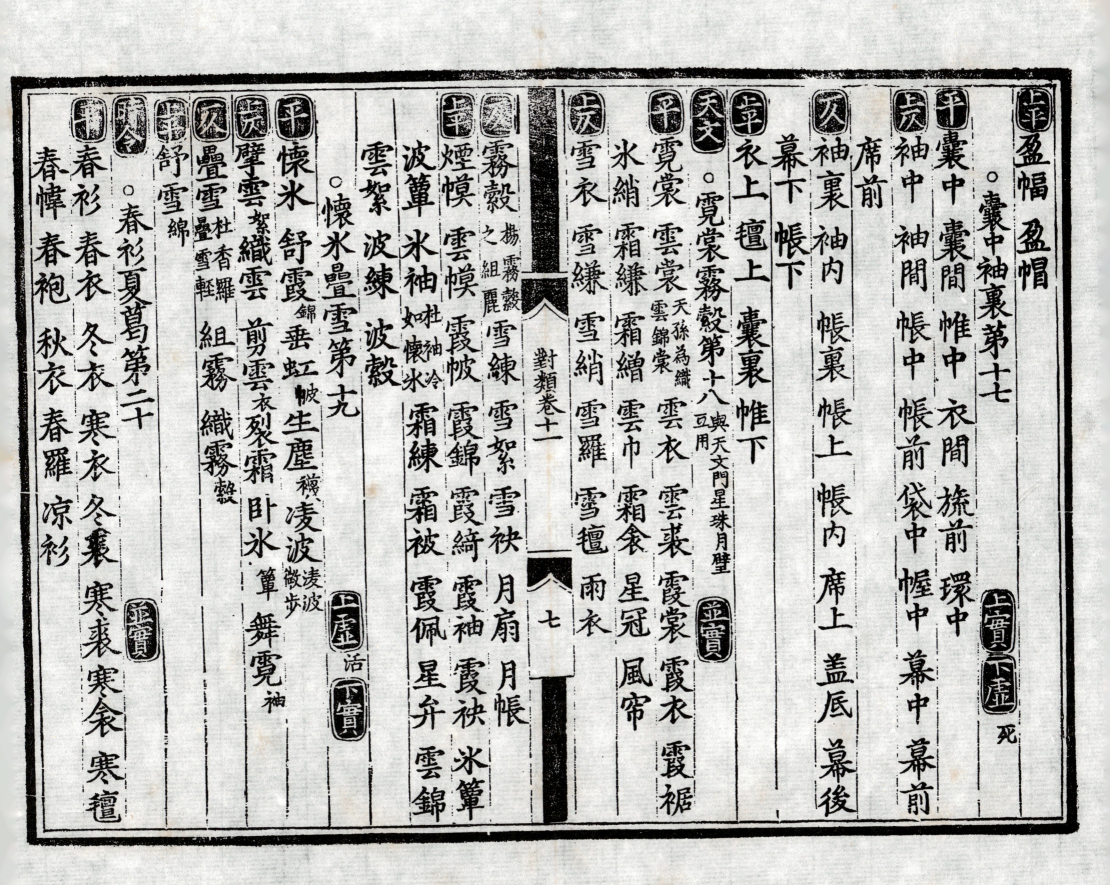

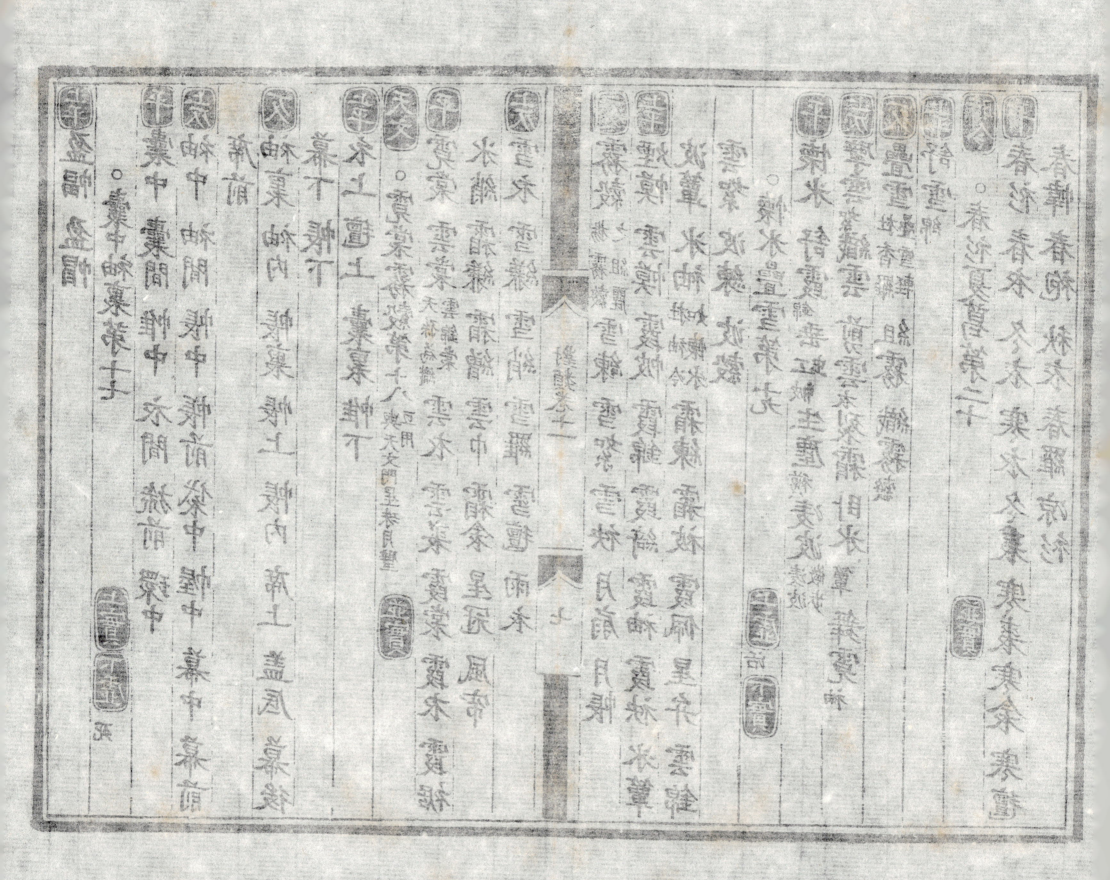

【上仄】暑衣　暑絺　曉衾　煖衣　冷氈　煖衾

【仄】夏葛　暑服　暑綌　冷袖　煖袖　煖被　煖帳

【上平】寒服　春服　春帳　春幕　秋佩

○衾寒帳煖第二十一 與器用氈寒席煖互用 【上實】【下虛】 死

【平】衾寒　衣寒　氈寒　衣涼　襟涼　裘溫　袍溫

【上仄】被寒　纊溫　袚溫　袖溫

【仄】帳煖 長恨歌芙蓉帳煖度春宵　帳冷　袖煖　袖冷　被冷

【上平】衣冷 杜衣冷欲裝綿　衾冷　氈煖　裘煖　衣煖　衾煖　裳冷

氈冷

【花木】○荷衣蕙帳第二十二 【並實】

【平】荷衣　荷裳　荷巾　荷囊　蓉裳　麻衣　藍袍　芒鞋

麻鞋　荊釵　蘭紉　花鈿　花裀　花冠　花氈　萸囊



【上仄】葛衣　葛巾　楮衾　藻旒　芰衣　楮衣　竹冠　竹釵

【仄】蕙帳　草帳　芰製　卉服　草履　草屨　葛屨　草屩

【上平】蘭佩　蓮幙　蘭袂　蓉帳　蘭帳　花帽　麻冕　藍縷

【鳥獸】○鴛衾鳳帳第二十三 【並實】

【平】鴛衾　鸞衾　鴛幃　鸞釵　駝裘　狐裘　羊裘　羔裘

貂裘　氈裘　牙梳　鶉衣　霓裳　鮫綃　蟬綃　蟬冠

貂冠　皮冠

【上仄】鳳釵　鳳幃　鳳鞋　鳳衾　翠翹　翠鈿　羽衣　鶴衣

象梳　鮀冠　鷸冠　鷫冠　角巾　麑裘　豹袪　豸冠

【仄】鳳帳　鶴帳　虎帳　鶴氅　鳳枕　革舄　獸錦　象服

角帶　革帶　鹿幣

【上平】龍衮　龍服　鴛被　鴛帳　鴛枕　犀帶　魚服　魚帶

【平】龍衮 龍服 鷩袯 鷩幘 犀帶 魚服 魚帶

角帶 革帶 虎帶

【仄】鳳帔 鸘帔 虎帔 鶴氅 羽衣 羊裘 鹿錦 象服

象旒 鵔冠 鷸冠 鷸冠 錦巾 麻裘 紗袜 羔冠

【去】鳳紋 鳳幃 鳳鞋 鳳衾 翠翹 翠鈿 羽衣 鸘衣

絡冠 皮冠

絡裘 氈裘 斗林 鸘衣 鸘裘 鮫綃 蟬綃 蟬冠

【平】鴛衾 鸞衾 鴛幃 鸞紋 羅裘 紵裘 羊裘 羔裘

○鴛衾鳳帳第二十三

【平】蘭佩 蓮幃 蘭紋 蓉帳 蘭帔 花帽 麻冕

【仄】蕙帳 草帳 芰衣 芥服 草履 草屨 葛屨

【去】葛衣 葛巾 荷衾 蒲薦 蕉衣 荷衣 芷冠



麻鞋 荊釵 蘭約 花鈿 花袖 花冠 花鬘 蕙囊

【平】荷衣 荷裳 荷巾 荷囊 蓉裳 麻衣 藍袍 芒鞋

○荷衣蕙帳第二十二

鑪冷

【平】衣冷（欲褐 綵袂 葉冷）衾冷 鑪暖 衾暖 衣暖 衾暖 衾冷

【仄】帳暖（帳暖 圍暖 度春 芙蓉）帳冷 袖暖 袖冷 被冷

【去】被寒 繡溫 被溫 袖溫

【平】衾寒 衣寒 鑪寒 衣涼 襟涼 襟溫 袍溫

○衾寒帳暖第二十一（與器用衣實兼互用）

【平】寒服 春服 春帳 春幕 秋佩

【仄】夏葛 暑服 暑帳 冷袖 煖袖 煖被 煖帳

【去】暑衣 暑綿 暖衾 煖衣 冷鑪 煖衾

駝褐

人物 ○陶巾孟帽第二十四 並實

平 陶巾 唐巾 終繻 劉冠 堯衣 堯裳 蘇氈 王氈
湯旒 嚴裘

上仄 楚襆 董帷

仄 孟帽 馬帳 禹冕 禹服 桀服 段笏 魏屨 謝屐

上平 喬舄 騶帳 韓幕 周冕 堯服 弘被

○吳綾蜀錦第二十五 並實

平 吳綾 川綾 吳蕉

上仄 蜀綾 越綾 婺羅

仄 蜀錦 越葛 越苧

上平 川錦 番錦 黎布 番段 湘纈



○儒冠武弁第二十六 並實

平 儒冠 儒衣 朝冠 賢冠 僧衣 朝衣 官衣 官袍
仙衣 戎衣 戎旃 仙裳 僧袍 公裳 朝靴 朝簪
朋簪 軍麾

上仄 客衣 客氈 客衾 客囊 道冠 女冠 子衿 道衣
將旗

仄 武弁 道服 道氅 野服 士服 相袞 相佩 里布

上平 宮袖 儒服 仙服 公服 儒履 仙佩 仙袂 侯綬
朝服 僧衲 師席 胡服 戎服 軍幕 兵帳 軍帳

○征衫舞袖第二十七 上虛 死 下實

平 征衫 征衣 征袍 遺簪

上仄 舞衫 舞衣 舞裳 舞裙 舞氈 戲衫 卧氈 坐氈

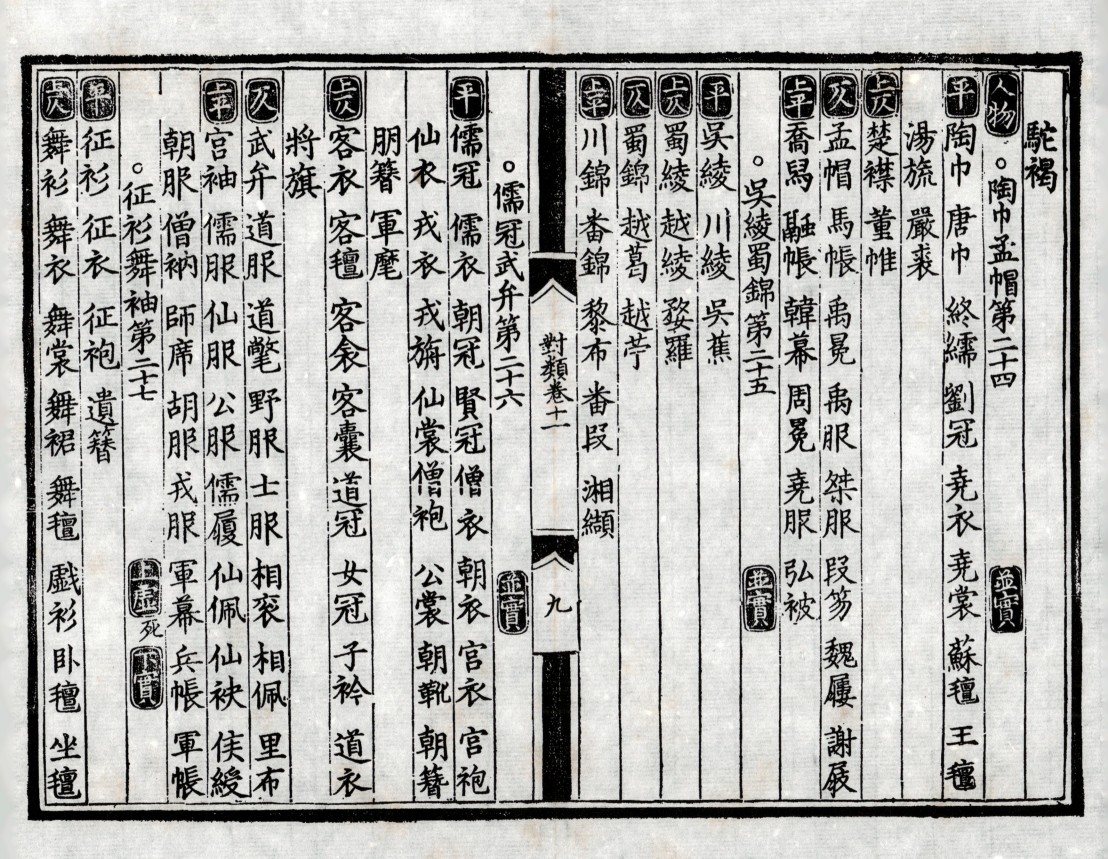

舞衣　舞裳　舞綃　舞襢　舞衫　明璫　垂璫
征衫　征衣　征袍　遺簪
○征袍舞袖第二十二
朝服　僧衲　師袍　胡服　戎服　軍幕　兵帳　軍帳
宮袖　儒服　仙服　公服　儒衣　仙珮　仙袂　佳纓
戎弁　道服　道氅　野服　士服　相衣　相珮　里布
將旗
客衣　客璫　客衾　客囊　道冠　女冠　冷衿　道衣
朋簪　軍麾
仙衣　戎衣　戎衫　仙裳　仙袍　公裳　朝衫　朝簪
儒冠　儒衣　朝冠　貫冠　僧衣　朝衣　宮衣　宮袍
○儒冠武弁第二十六



川錦　番錦　蠻布　番段　湘纈
蜀錦　越葛　越苧
蜀綾　越綾　綾羅
吳綾　川綾　吳蕉
○吳綾蜀錦第二十五
裔冕　緋帳　韓幕　周冕　黄服　弘教
孟帽　馬帳　唐冕　虞服　殊服　段袍　鷸冠　謝披
羹藜　董帷
湯旅　巖桑
陶巾　唐巾　蘇襦　鸛冠　堯衣　堯裳　蘇襢　王璫
○陶巾孟帽第二十四
[illegible]

襏衣（袚也） 戰袍

〔仄〕舞袖 舞袂 別袂 坐褥 坐席 祖帳 卧帳 卧被
步障 戰甲 席帽 聘幣

〔平〕歌袖 歌扇 朝服 征旆

〔平〕。披襟解帶第二十八 （上虛 活 下實）

〔平〕披襟 舒襟 沾襟 開襟 虛襟 披衣 裁衣 牽衣
摳衣 垂衣 穿衣 褰帷 披裘 書紳 垂紳 拖紳
垂纓 垂旒 彈冠 褰裳 垂裳 濡裳 縫裳 裝綿
披綿 投簪 分釵 鋪茵

〔仄〕典衣 擣衣 振衣 賜衣 授衣 整衣 著衣 攬衣
濯衣 剪衣 正冠 整冠 掛冠 解冠 正襟 整襟
解襟 綴旒 請纓 濯纓 結纓 絕纓 整巾 折巾



索裘 學裘 獻裘 挈裘 攤裘 賜袍 奪袍 剪袍
曳裾 振裾 引裾 絕裾 剪衫 探囊 褁囊 下帷
攤衾 抱衾 袗絺 衣絺 攤簪 盍簪 墜簪 脫簪
漱裳 棄繻

〔仄〕解帶 束帶 下帶 落帽 脫帽 結襪 曳履 取履
納履 棄履 整履 步履 脫履 進履 躡屐 整屐
步屐 折屐 被褐 解褐 釋褐 衣褐 奮袂 結袂
振袂 舉袂 判袂 引袂 引袖 拂袖 舉袖 斂衽
織屨 倒屣 弃屣 步屧 鑄印 解印 佩印 刻印
結綬 綰綬 服冕 稅冕 解佩 補袞 被袞 解組
執幣 衣帛 賜帛 執帛 衣葛 賜錦 奪錦 製錦
衣錦 織錦 濯錦 卷幔 展幔 入幔 下帳 攤被

書盦卷十一

擘縈　衣鼇
上平　吹帽　垂帶　披帶　揮袂　揚袂　分袂　披鼇　張幙
閑幙　垂幙　垂帳　閑帳　揮袖　張幄　張蓋　垂佩
鳴佩　鋪錦　飛舄　穿履　裁被　分被　舒被　遺玥

身體　○裙腰袖口第二十九　並實

平　裙腰　釵頭　簪頭
上去　幞頭　帳頭　領頭　詰頭　詰身
入　袖口　袂口　帶尾　帳頂　帽頂　帽額　帽角　帶眼
屐齒　席面
上平　衣領　衫領　冠頂　釵股　梳齒　囊口　裙尾

金玉　○金釵玉佩第三十　並實

平　金釵　金翹　金鈿　金冠　金輦　金袍　金衣　金環



金珂　金鐲　金簪　瑤簪　瑤釵　珠釵　珠纓　銀袍
珠袍
上去　玉釵　寶釵　玉簪　玉梳　翠翹　翠簪　翠梳　翠釵
翠鈿　玳簪
入　玉佩　玉帶　寶帶　翠帶　寶帳　玉帳　寶幄　玉幣
上平　珠履　金帳　金舄　珠佩　金帶　金佩　瓊佩　金釧

采色　○青袍紫綬第三十一　上平虛　死　下實

平　青袍　青衫　紅衫　青衣　黃衣　朱衣　斑衣　緇衣
青衿　紅裳　黃裳　玄裳　纁裳　紅裙　青巾　紅巾
紅衣　青鞋　紅鞋　青氈　黃袍　黃冠　緇冠　黃巾
紅衾
上去　綠衣　白衣　縞衣　絳衣　碧衣　紫衣　褐衣　赭衣

襖衣 白衣 鶴衣 襌衣 袷衣 繡衣 褐衣 補衣
紅衾 紅衣 青鞋 紅鞋 青氈 黃袍 黃冠 緇冠 黃巾
紅衿 紅裳 黃裳 玄裳 練裳 紅裙 青巾 紅巾
青袍 青裙 紅裙 青衣 黃衣 朱衣 斑衣 緇衣
○青袍紫綬第三十
珠履 金帳 金鳧 珠佩 金帶 金佩 寶佩 金鞍
玉佩 玉帶 寶帶 翠帶 寶帳 玉帳 寶匣 玉帶
翠鈿 珠翠
玉釵 寶釵 玉簪 玉梳 翠翹 翠簪 翠梳 翠釵
珠袍
金河 金鐶 金簪 珠簪 金釵 珠釵 珠纓 錦袍



金釵 金鈿 金冠 金章 金袍 金衣 金環
○金釵玉佩第三十
衣領 衿領 冠頂 釵股 梳齒 囊口 裙尾
屐齒 屧面
袖口 袂口 帶尾 帳頂 帽頂 帽額 帽角 帶眼
幞頭 帳頂 領頭 鞋頭 鞋身
裙腰 釵頭 簪頭
○裙襵袖口第三十九
鳳佩 繡鞋 飛舄 穿履 裁袂 分袂 含衣 遺珥
開簾 垂簾 開帳 揮袖 張帳 張蓋 垂佩
吹帽 垂帶 披帶 揮袂 攜袂 分袂 振袂 張幄
攀衿 攬裳

綵衣　素衣　緑袍　紫袍　白袍　絳袍　紫囊　絳囊
皂囊　白氈　翠衾　緑裳　緑裙　緑衫　素冠　縞裳
白裘　綵繩
【仄】紫綬　緑綬　黑綬　翠幄　緑幙　翠幙　絳帳　翠帶
緑帶　翠縠　翠褥　翠被　翠袖　紫袖　緑袖　赤舃
素被
【上平】紅袖　青袖　朱袖　紅帳　華衮　紅帶　青帶　青佩
蒼佩　烏帽　黄帽　朱履　紅被　青綬

○黄綾紫錦第三十二　【上虚】死【下實】

【平】黄綾　黄紬　黄紗　青紗　紅紗　烏紗　紅綃　紅羅
青羅　黄羅　青絲　紅絲　黄絲
【上仄】緑紗　絳紗　碧紗　素紗　緑羅　紫羅　素羅　皂羅



皂縑　素絲　緑絲　緑繒　素縑
【仄】紫錦　素錦　緑錦　素練　白練　翠縠　翠縷　白紵
白縠　素縠
【上平】紅錦　黄線　紅線　紅縷　青布

【數目】○雙綏兩袖第三十三　【上虚】死【下實】

【平】雙綏　雙纓　雙鞋　雙襟　雙箸　雙釵　孤幃　孤衾
孤縑　單綃
【上仄】一襟　一帷　一箸　一裘　一端
【仄】兩袖　兩袂　兩帶　一扇　一幅　一帽
【上仄】雙袂　雙帶　雙屣　雙袖　雙舃

○千絲萬縷第三十四　【上虚】死【下實】

【平】千絲　千端　千機　千梭　千條

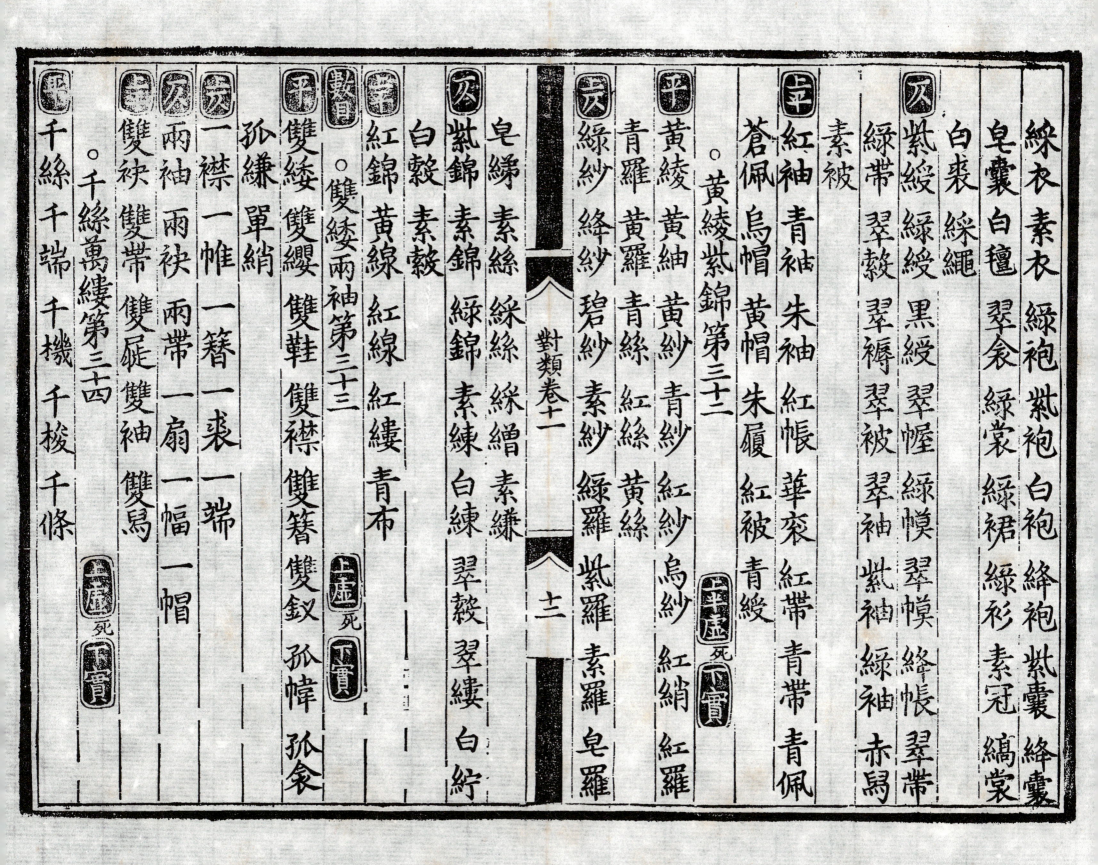

絳布 素布 綠袍 紫袍 白袍 絳袍 紫纛 絳纛
皂纛 白纛 翠衾 綠幕 綠帷 紅衫 素冠 鴛裳
白裘 綠纈
紫綾 綠綬 黑綬 翠帷 綠幘 翠幘 綠帶 翠帶
綠帶 翠綾 翠纓 翠綾 翠袖 紫袖 綠袖 赤舄
素綾
紅袖 青紬 朱紬 紅裳 紅帶 青帶 青鳳
蒼佩 皂帽 黃帽 朱履 紅被 青綾
○黃綾紫錦第三十二
黃綾 黃紬 黃紗 青紗 紅紗 紅綃 紅羅
青羅 黃羅 青絲 紅絲 黃絲
綠紗 絳紗 紺紗 素紗 綠羅 紫羅 素羅 皂羅



皂綠 素絲 綠絲 綠繒 素縑
紫錦 素錦 綠錦 素練 白練 翠綾 翠纏 白絲
白綾 素綾
紅錦 黃綿 紅綿 紅纓 青布
○雙綾兩袖第三十三
雙綾 雙纓 雙鞋 雙襟 雙襦 雙紋 紗幃 紗衾
紗縑 單紵
一襟 一帷 一簪 一束 一帶
兩袖 兩袂 兩帶 一扇 一幅 一帽
雙袂 雙帶 雙屐 雙袖 雙舄
○千絲萬縷第三十四
千絲 千端 千機 千縷 千條

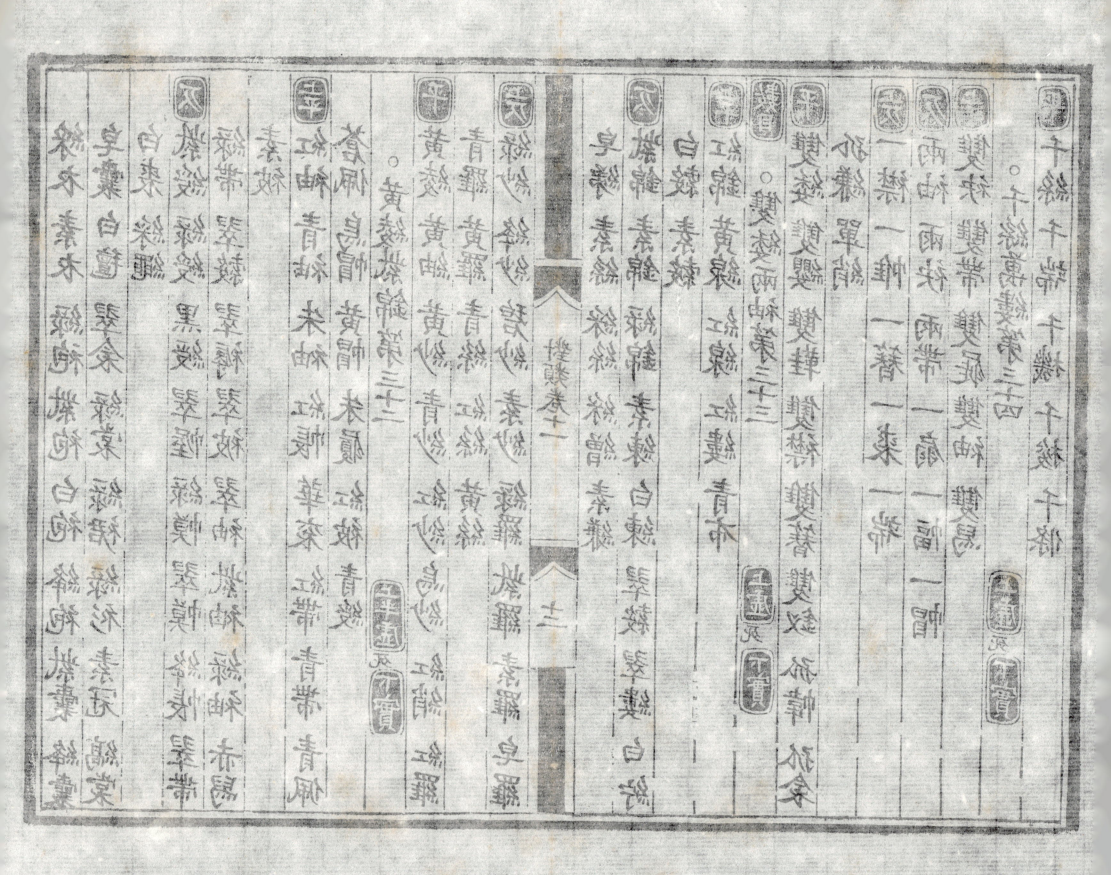

上仄 一絲 百絲 萬絲 寸絲 五紽 一端 一條 一床
九章 一雙 萬箱
仄 萬縷 一縷 萬線 一線 一匹 十匹 一尺 一丈
一段 一束 一緉 一架 一袖 百寶 百段 一幅
幾幅 百結 五兩 五采 五色 兩袖 幾緉 一襲
萬繭
上平 千丈 雙袖 三錫 千匹 千縷

通用 ○裁成剪就第三十五與花木粧成染出通用 並虛 活

平 裁成 裁爲 縫成 鋪成 挑成 粧成 描成 縿成
舒開 褰開 披開
上仄 剪成 簇成 染成 繡成 織成 結成 麼成 製成
展開 剪開 揭開 剪來 着來 寄來



仄 剪就 剪出 剪下 剪破 剪作 繡出 織就 織出
簇就 染出 掛起 攤起 捲起 繡作 結作 挈上
攬起 摸出 麼出 洗出 染就 製就 揭起 放下
上平 裁作 縫作 縫就 縫出 挑出 粧出 裁下 裁就
裁出 兠上 吹落 摳起 褰起 描出 描就 鋪出
鋪就 粧就

○輕裁細剪第三十六 上虛 死 下虛 活

平 輕裁 深裁 親裁 輕縫 寬縫 深縫 輕挑 輕挼
輕拖 輕牽 輕掀 低垂 輕褰 閒披 閒舒 新裁
新縫 輕兠 輕揮 輕摳 橫量 寬量 輕鋪 寬裁
輕縿
上仄 巧裁 細裁 巧縫 密縫 細縫 細挑 半敧 密鋪

懂韻卷十

【仄】細剪 巧剪 巧織 細織 巧䌈 容刺 直剪 細劈
亂劈 巧製 巧繡 巧結 謾攬 細染 容繡 半䌈
細䌈 容織 容鎖
【平】新染 深染 輕織 輕剪 新剪 細結 新製 精製
輕繡 輕劈 初試 閒攬 新綴 低放 高掛 高卷
【連綿】○裁縫整理第三十七 【並虛】活
【平】裁縫 裁聯 鋪陳 遮圍 粧排 摳趨 繰抽
【上仄】剪裁
【仄】整理 紡績 點綴 點染 襯帶 抖擻 熨帖 滃濯
績紡 絡緯 織紝 拂拭
【上平】粧束 修飾 粘綴 粧點 裁剪
○鮮明瑩潔第三十八 【並虛】死



【平】鮮明 鮮都 巍峩 飄蕭 玲瓏 輕肥 婆娑 蒙茸
淋漓 斒斕 圓方 逍遥 妖妍 光明 煒煌 蹁躚
【上仄】陸離
【仄】瑩潔 整潔 俊雅 淡雅 漂渺 熟細 艷麗 細軟
短窄 濟楚 燦爛 潤澤
【上平】鮮潔 長短 藍縷 華麗 輕薄
【疊字】○鮮鮮楚楚第三十九 【虛字】死
【平】鮮鮮 峩峩 巍巍 鏘鏘 翩翩 翹翹 飄飄 于于
巖巖
【仄】楚楚 濟濟 粲粲 爛爛 整整 馥馥 糾糾 縩縩
岌岌 細細
【疊字】○紫荷裳紅蓮幔第四十

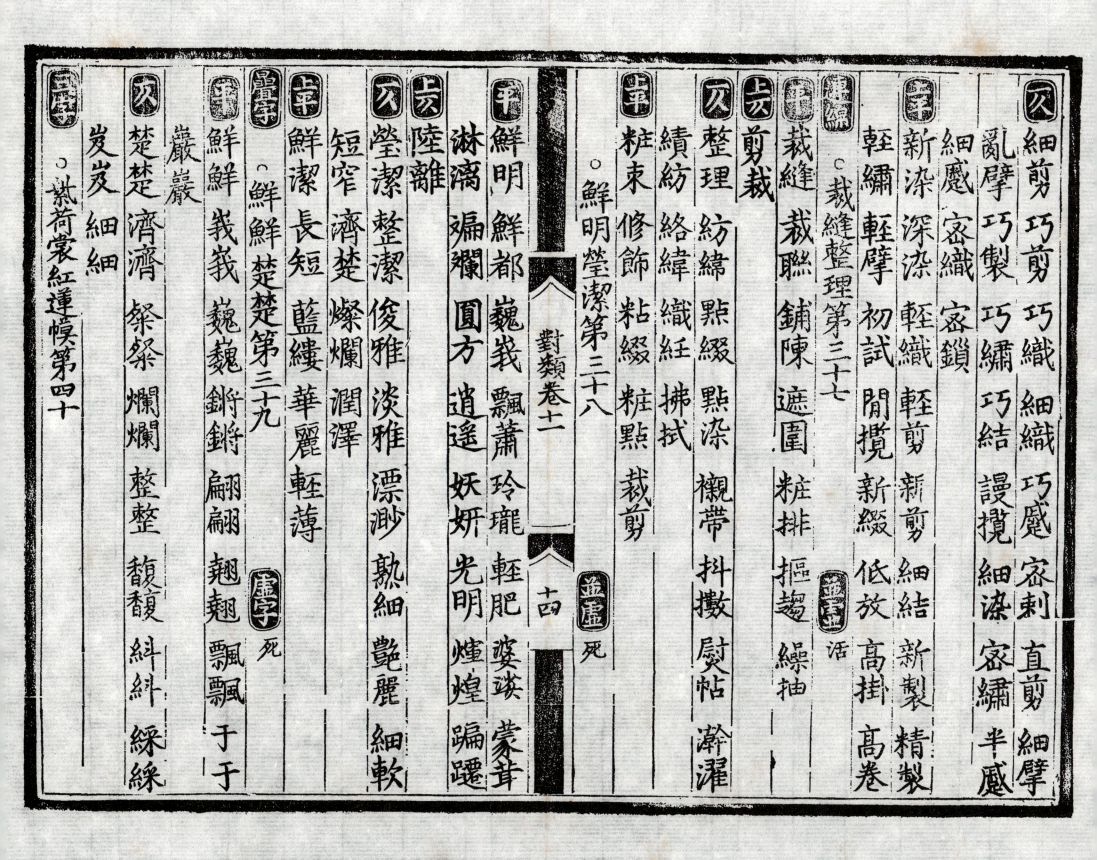

○大番字部第四十

岌岌 細田 細田

茲林 齊濟 絲絲 爛闌 蓮蓮 讀讀 絲半 絲半 繇繇

巖巖

魚羊 魚羊 莪莪 鶉鶉 鈴鈴 編編 翹翹 飄風 十十

○魚羊 魚羊 莪莪 部第三十九 紀

鮮 漾 長 鹽 韃 華 靈 輕 蒲

短 齊 濟 婆 闌 澗 澤

兹 滾 絲 猱 俊 淮 滾 雅 濡 涵 細 豐 靡 細 歡

兹 達 雞

漱 溺 編 爛 圓 方 道 達 妖 好 光 明 遍 遍 編 躍

編 明 鮮 滞 鶉 敕 飄 蕭 玲 瓏 輕 肥 婆 珠 叢 青

韻集卷十二 十四

○魚羊 明 營 淥 部第三十八 紀

教 東 修 節 粘 綴 黏 縣 燧 資

讀 紡 路 漳 綻 絲 樺 枚

帶 理 紡 縣 黑 綴 縣 淥 欄 帶 榫 殿 厦 帖 漂 灌

質 纂

兹 縫 綴 縣 鐘 陳 遠 圓 樺 榫 高 臨 縣 柚

○變 絲 黨 絲 第三十七 落

車 縫 車 澤 砌 效 閭 覽 新 綴 依 敘 高 樹 高 券

新 綠 綠 絲 輕 縫 車 質 新 質 絲 田 絲 吉 新 藏 精 微

絲 田 慶 客 綠 客 績

亂 澤 巧 東 巧 綺 巧 吉 覺 覽 絲 田 綠 客 綺 半 慶

絲 田 巧 巧 質 巧 綺 巧 絲 田 絲 吉 巧 綺 客 東 直 質 絲 田 譬

〔平〕紫荷裳 白芒鞋 白麻衣 白苧衫 芰荷衣 茉莉毬
〔仄〕紅蓮幙 芙蓉帳 芙蓉褥 青蘭佩

○獸錦袍鮫綃帳第四十一

〔平〕獸錦袍 狐白裘 鷫鷞衣 犢布袍
〔仄〕鮫綃帳 翠青幙 鮫綃帕

○雉頭裘虎皮帳第四十二

〔平〕雉頭裘 鸛尾冠 貂尾冠 鷸羽冠 鳳頭鞋 犢鼻裩
翠色裙 鹿皮冠
〔仄〕虎皮帳 龍鬚布 犀角帶 龍文席 鹿皮幣 鹿皮帳
龍鬚席 虎文帳

○獬豸冠鴛鴦被第四十三

〔平〕獬豸冠 鵕鸃冠 熊羆裘 鷫鷞裘 翡翠裘 貂蟬冠



〔仄〕鴛鴦被 翡翠被 鴛鴦帳 皐比席 鴛鴦綺

○諸侯冠童子佩第四十四

〔平〕諸侯冠 司寇冠 廣文氈 大夫裘 學士靴
〔仄〕童子佩 相國綬 隱士服 居士帶 上公衮 尚書履
孺子履 縣令舄 文儒服 君子佩 學士褥 講官席

○閔子衣春申履第四十五

〔平〕閔子衣 貢禹冠 逢萌冠 武侯巾 淵明巾 林宗巾
鄒陽裾 季子裘 孟嘗裘 范叔袍 老萊衣 顏子冠
〔仄〕春申履 謝安屐 孟嘉帽 王恭氅 靈運屐 戴馮席
賈生席 公孫被 姜肱被 馬融帳 王喬舄 韓愈幙

○綠羅衣紅錦帳第四十六

〔平〕綠羅衣 綠羅衫 紫羅裳 紫羅袍 皂羅袍 紅錦袍

白錦袍　青紗巾　碧紗巾　白氈巾　烏紗巾　絳羅裙

珺羅裙　綠羅裙　紅綃囊　繡羅衣　紫綺裘　白玉環

白紵衣　紫香囊　綠羅袍

仄　紅錦帳　紅羅帳　絳紗帳　青紗帳　青布幞　紅錦袖



仄　白雪練　紅霞袖　清霧縠

四字　○冠帶縉紳衣裳冕弁第四九

平　冠帶縉紳　衣冠冕旒　飲食衾裘　棺槨衣衾　介冑縉紳

仄　衣裳冕弁　帷幔帘綬　錦繡綦組　衣冠禮樂　玉佩鐘鼓

子女玉帛　衣冠旒冕

○綠衣黃裳青衫紫綬第五十

平　綠衣黃裳　黃帽青袍　玄冠朱纓　黃綃色絲　玄裳縞衣

仄　青衫紫綬　青袍白馬　綠衣黃裏　青鞋布襪　玄冠朱組

素衣朱繡　黃旂紫蓋

○黃帝垂衣文王卑服第五十一

平　黃帝垂衣　光武絳衣　晉武焚裘　鄒陽曳裾　大禹惡衣

仄　文王卑服　山甫補袞　郗超入幞　釋之結襪　漢文履革

文王早服 山甫袞衣 絳衣人裳 韋衫紫綾 漢文廣章
黃帝垂衣 光武絳衣 晉大衣裳 紗綠曳裾 大唐衣裳
。黃帝垂衣文王早服第五十
素衣朱繡 黃衣狐裘
青衣紫綬 青袍白馬 綠衣黃裳 青鞋赤舄 玄冕朱組
綠衣黃裳 黃帽青袍 玄冠朱纓 黃紵白綃 玄裳縞衣
。綠衣黃裳青衣紫綬第五十一
子文王帛 冬冠旒冕

千金裘 百結衣 六銖衣 三章衣 八寶纓 五丈旗
。千金裘百寶帶第四十七
白玉帶 紅錦襖
紅錦綬 紅紗帽 黃金帶 黃金佩 蒼玉佩 青羅帶
紅錦襖 紅羅袍 綠紗袍 青紗襖 青布襖 紅錦袖
白紵衣 紫衣 綠羅袍 綠羅衣 紫綃衣 白玉環
紫綃袍 紫羅袍 紅綃襖 紅羅襖 紫綃裘 白玉墜
白錦袍 青紗帽 青紗巾 白團巾 烏紗巾 烏紗帽

○緇衣羔裘皮冠豹舄第五十二

〔平〕緇衣羔裘　羔裘豹袪　芰衣蓉裳　芰製荷衣　羽衣霓裳

〔仄〕皮冠豹舄　弋綈革舄　蘭紉蕙帶　翠被豹舄

○短帽輕衫深衣大帶第五十三

〔平〕短帽輕衫　廣厦細旃　肥馬輕裘　素練輕縑　上衣下裳

〔仄〕深衣大帶　寬衣鮮帶　巍冠博帶　圓袍方屨　輕裾長袖

輕紈細綺　輕裘快馬

○夏葛冬裘春旗午漏第五十四

〔平〕夏葛冬裘　暑服春衫　煖帳寒氊　朝歌夜絃

〔仄〕春旗午漏　春羅暑綌　雨巾風帽　氷綃霧縠

○玉佩瓊琚錦衮綉帽第五十五

〔平〕玉佩瓊琚　衮衣綉裳　爵弁纁裳　綠綬金章

〔仄〕錦衮綉帽　金章紫綬　瓊琚玉佩



○戴冕凝旒垂紳曳紱第五十六

〔平〕戴冕凝旒　濯纓彈冠　抱布貿絲　結綬彈冠　抱衾與裯

遺珥墮簪　焚製裂衣

〔仄〕垂紳曳紱　毀冠裂冕　衣綈履舄　被褐懷玉　免冠着幘

# 對類卷之十一

# 對類卷之十二

## ○聲色門

一字 ○青白第一 半虛 死

平 青東方色 蒼青色 藍淺青 朱紅色 紅赤色 緋紅色 纁深黑色

丹赤色 彤赤色 黃中央色 緇黑色 烏黑色 斑玨 雜色 玄黑色

緅紅色

仄 白西方色 皓白色 素白色 粉白色 黑北方色 弋黑色 墨黑色

紺青色 綠青綠 碧青碧色 翠青翠 赤南方色 赭赤色 絳紅色

紫間色 黛翠色 褐褐無正色 皂黑色 纈

○濃淡第二 虛字 死



平 濃色深 深濃也 新新鮮 鮮鮮明 輕微也 微薄也 繁多也

稠密也 嬌媚色 妖 嫣嬌笑 肥肥滿 腴豐腴 酣紅色

殷紅盛 柔柔軟 穠美也 踈 歆 明 殘

萎

仄 淡薄色 淺淡也 穉嫩也 嫩柔軟 媚嬌媚 妒紅黑色 醉紅色

脆素軟 軟柔也 爛赤色 濕色濕 膩肥也 冷白色 小微也

薄淡色 亂多也 瘦弱也 暗 慾 茂 姹

舊 熟

○粧抹第三 虛字 活

平 粧粧點 施彰施 鋪粧也 塗塗抹 舒鋪也 描描畫 澆澆墨

挼挼搽

仄 抹塗抹 傅抹也 飾粧飾 染粧染 點粧點 畫繰畫 潑潑黛

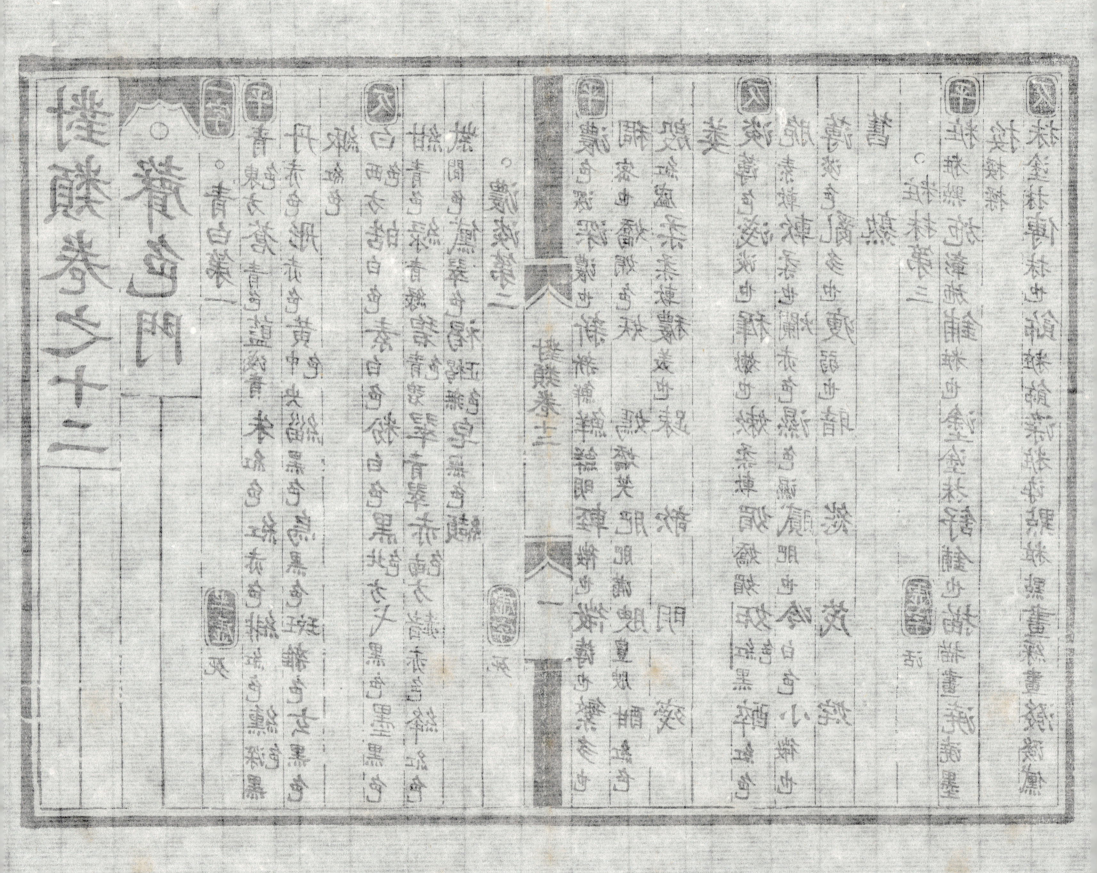

[二字] ○丹青碧綠第四

[平] 青黃 丹青 蒼黃 青蒼 朱黃 青紅 緗黃 紅黃

[上去] 白紅 紫黃 綠紅 綠黃 翠青 紺緅 碧黃 紫紅

白黃 碧丹

[入] 白黑 碧綠 皂白 黑白 赤白 粉黛 紫翠 紫碧

紫綠 赤黑

[上平] 青紫 朱紫 紅紫 青翠 朱翠 蒼翠 紅翠 紅黑

紅素 紅綠 黃白 朱白 青白 青赤 紅粉 朱粉

緋綠 緋紫 丹碧 黃碧

[半虛] 死

○紅光翠色第五（與花木門清香秀色互用）

[平] 紅光 紅姿 紅芳 紅陰 青陰 青容 青輝 蒼容

[上入] 綠陰 綠痕 綠容 翠容 翠光 粉容 粉痕 白容

[並半虛] 死

白痕 素痕

[入] 翠色 碧色 皓色 素色 絳色 白色 綠色 綠蔭

綠暈 白綵 素彩 皓彩 絳彩 綠影 翠影 素影

粉暈 紫暈 紫色 素質

[上平] 紅色 紅彩 紅暈 黃彩（選寒枕發黃彩） 黃色 紅艷 青色

蒼色 紅影

○輕紅嫩白第六

[上虛] [下半虛] 並死

[平] 輕紅 微紅 深紅 妖紅 嬌紅 明紅 真紅 新紅

殘紅 鮮紅 殷紅 繁紅 肥紅（杜紅綻雨肥梅） 愁紅 酣紅

敧紅 輕黃 嬌黃 明黃 新黃 萎黃 深黃 殘黃

穠青 深青 新青 濃青 繁青 微丹

[上入] 淺紅 薄紅 淡紅 嫩紅 軟紅 艷紅 亂紅 茜紅

愁紅 醉紅 膩紅 妬紅 脆紅 落紅 濕紅 嫩黄
淡黄 淺黄 敗黄 舊黄 嫩青 淡青 遠青 舊青
脆青 老蒼
【仄】嫩白 淡白 淺白 膩白 潔白 嫩緑 淺緑 淡緑
妬緑 暗緑 茂緑 姹緑 愁緑 瘦緑 舊緑 敗緑
穉緑 淺碧 嫩碧 冷碧 淡碧 嫩翠 淺翠 軟翠
濕翠 爛紫 熟紫 暗紫 淺紫 薄素
【上平】新緑 鮮緑 深緑 濃緑 嬌緑 愁緑 深碧 寒碧
遥碧 新碧 深翠 繁翠 跡翠 新紫 深紫 輕素
新素 純白 香白

○紅稀緑暗第七 【上半虚下虚】 死

【平】紅稀 紅稠 紅多 紅深 紅嬌 紅肥 紅腴 紅酣
紅嫣 紅妖 紅殘 紅欹 紅衰 紅跡 青新（青歸柳葉新）
青濃 青繁 黄深 黄衰 黄嬌
【上仄】緑濃 緑稠 緑肥 翠深 翠鮮 緑衰 緑深
【仄】緑暗 緑嫩 緑穉 緑愁 緑妬 緑瘦 緑淺 緑遍
緑淨 翠嫩 碧脆 碧淺 翠淺 白淺 白淨
【上平】紅淺 紅潤 紅膩 紅媚 紅瘦 紅醉 紅困 紅嫩
紅減 紅妬 紅愁 紅鬧 黄淡 黄熟 黄嫩（柳色黄金嫩）
黄敗 青嫩 青容

○堆紅積翠第八 【[illegible]】 活 【[illegible]】 死

【平】堆紅 飄紅 粧紅 飛紅 稠紅 蒸紅 吹紅 流紅
舒紅 揺紅 鋪紅 飛黄 傳黄（梅杏半傳黄） 翻黄 凋黄
垂黄 堆黄 飄丹 成丹 揺青 回青

去 涂紅 綴紅 點紅 帶紅 間紅 暎紅 褪紅 滴紅
剪紅 綻紅 舞紅 墜紅 落紅 涂丹 舞丹 涂黃
褪黃 墜黃 點黃 涂青 蘸青 貼青 點青 疊青
送青 積青 露斑 點斑
入 積翠 剪翠 疊翠 總翠 滴翠 落翠 失翠 吐翠
漲翠 擺綠 涂綠 蘸綠 抹綠 舞綠 美碧 漾碧
吐白 破白 點白 綴白 綻白 褪白 間白
上 鋪白 飛白 飄白 翻白 凝白 開白 堆翠 鋪翠
抽翠 涵翠 粧翠 橫翠 凝翠 攢翠 凝紫 浮紫
合綠 鋪綠 搖綠 凋綠 澄碧 凝碧 呈碧 搖碧
合碧

## ○施朱傅粉第九

上虛活 下半虛死



平 施朱 研朱 調朱 紆朱 接藍 堆藍 塗丹 研丹
偎紅 憐紅 窺斑 飛黃
去 潑藍 踏青 取青 捻紅 倚紅 涂藍
入 傅粉 褪粉 抹粉 美粉 綴粉 涂黛 抹黛 鎖黛
倚翠 挹翠 剪翠 拾翠 泛綠 着綠 換綠 衣綠
曳紫 曳白 泛白
上 施粉 鋪粉 堆粉 粧粉 勻粉 塗粉 迎翠 偎翠
澆黛 鋪黛

## ○紅粧綠涂第十

半虛死 下虛活

平 紅粧 紅鋪 紅圍 紅翻 紅凝 紅添 紅飄 紅飛
紅凋 紅消 紅堆 紅開 紅舒 青歸 青圍 青連
青回 青交 青歆 青來 黃鋪 黃飄 黃凋 黃傳

青回　青交　青來　黃鋪　黃飄　黃澗　黃傳
紅澗　紅消　紅推　紅開　紅舒　青歸　青圓　青連
紅莊　紅鋪　紅圓　紅翻　紅漾　紅添　紅飄　紅飛
○紅莊綠淡葉十　孔　滿
漾鳳　鋪鳳
施粉　鋪粉　推粉　莊粉　乙粉　運粉　迎翠　張翠
曳戟　曳白　沉白
停翠　指翠　蕾翠　恰翠　沉綠　著綠　換綠　承綠
傳粉　湲粉　林粉　美粉　鏡粉　綠鳳　抹鳳　鎖鳳
漾鹽　陪青　艮青　捻紅　倚紅　綠鹽
偎紅　灘紅　鏡斑　飛黃
施朱　研朱　調朱　紓朱　換鹽　推鹽　塗丹　研丹



○施朱傳粉葉九　孔
合碧
合綠　鋪綠　捨綠　涸綠　浚碧　濺碧　呈碧　探碧
抽翠　涵翠　莊翠　橫翠　潑翠　積翠　簇翠　浮翠
鋪白　飛白　飄白　翻白　凝白　開白　揮翠　鏞翠
吐白　收白　點白　綴白　綻白　旋白　間白
漲翠　擺綠　添綠　讀綠　抹綠　舞綠　美碧　漾碧
積翠　剪翠　疊翠　總翠　滴翠　落翠　失翠　吐翠
送青　積青　露斑　點斑
挺黃　隊黃　點黃　添青　讀青　貼青　點青　疊青
剪紅　綻紅　舞紅　隊紅　落紅　丹紅　舞丹　滌黃
流紅　綴紅　點紅　帶紅　問紅　滿紅　泣紅　滴紅

黃垂 黃飛 藍鋪 藍堆 藍挼 胭凝 胭搽 胭㷆
翠飄 翠飛 翠堆 翠凝 翠鋪 翠連 碧鋪 碧凝
翠流 白凝 粉鋪 綠遮 綠垂 粉飛 粉粧
綠染 綠蘸 綠遶 綠鎖 綠匝 綠映 綠舞 綠褪
綠遍 翠擁 翠鎖 翠積 翠疊 翠深 翠減 翠委
粉飾 粉褪 黛染 黛潑 黛點 紫襯 紫映 粉襯
白綴 白點 白間 紫映 絳點
紅染 紅綴 紅吐 紅綻 紅入 紅透 紅映 紅褪
紅卸 紅墜 紅落 紅濕 紅舞 紅蹙 紅噴 紅鬧
紅減 黃顫 黃墜 黃落 黃隕 黃綴 黃染 青染
青點 青抹 青舞 青換 紅委 紅點

○新粧作染第十一

死 活



新粧 初粧 新梳
上粧 靚粧 艷粧 半粧
作染 半染 畫翠 淡抹 淺染 畫蹙
濃染 濃抹

○黃時綠候第十二

上半虛 下半虛 死

黃時梅子黃時雨 紅時 青時
綠時 白時 素時
綠候 白後 綠後 綠處 白處 碧處
紅處 紅候 紅後 青處 黃處 黃後 黃裹 青後

○垂金綴玉第十三

上半虛 活 下半實

垂金黃 凝胭 塗胭 堆瓊白 飾金影
染金 綴金黃 點胭紅

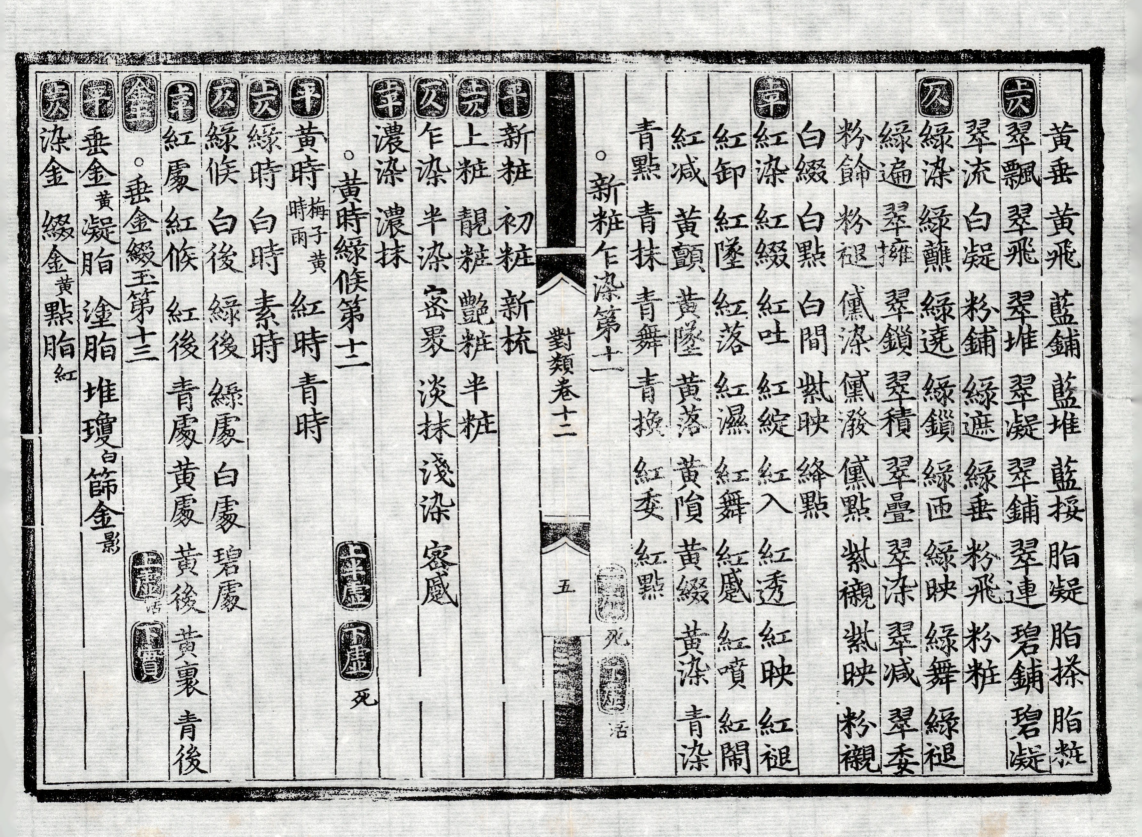

綵金 [illegible]金黃[illegible] [illegible]
[illegible]金黃[illegible][illegible] [illegible] [illegible][illegible]
。[illegible]金[illegible][illegible]第十三
紅 [illegible] 紅[illegible] 紅 後 青[illegible] 黃[illegible] 黃[illegible] 青[illegible]
綠[illegible] [illegible] 白 後 綠 後 綠[illegible] 白[illegible] [illegible]
綠[illegible] 白 [illegible] [illegible]
黃[illegible] [illegible] 紅 [illegible] 青[illegible]
。黃[illegible][illegible][illegible]第十二
[illegible] [illegible]林 [illegible] [illegible]林 [illegible]
[illegible] [illegible] [illegible]
上[illegible] [illegible] [illegible] [illegible]林

[illegible]卷十三 十

。[illegible][illegible]第十一
青[illegible] 青林 青[illegible] 青[illegible] 紅[illegible] 紅[illegible]
紅[illegible] 黃[illegible] 黃[illegible] 黃[illegible] 黃[illegible] 黃[illegible] 青[illegible]
紅[illegible] 紅[illegible] 紅[illegible] 紅[illegible] 紅[illegible] 紅[illegible] 紅[illegible]
紅[illegible] 紅[illegible] 紅[illegible] 紅[illegible] 紅人 紅[illegible] 紅[illegible] 紅[illegible]
白[illegible] 白[illegible] 白[illegible] 白[illegible] [illegible] 綠[illegible] [illegible] [illegible]
[illegible] [illegible] [illegible] [illegible] [illegible] [illegible] [illegible]
綠[illegible] 翠[illegible] 翠[illegible] [illegible] 翠[illegible] 翠[illegible] 綠[illegible]
綠[illegible] 翠[illegible] 綠[illegible] [illegible] 綠[illegible] 綠[illegible] 綠[illegible]
綠[illegible] 白[illegible] [illegible] [illegible] 綠[illegible] [illegible] [illegible]
翠[illegible] 翠[illegible] 翠[illegible] 翠[illegible] 翠[illegible] 翠[illegible] [illegible]
黃[illegible] 黃[illegible] [illegible] [illegible] [illegible] [illegible] [illegible]

入 綴玉 剪玉白 綴蠟 剪蠟黄

去 裁玉 堆玉 鋪玉並白 舒錦紅 垂蠟 凝蠟黄 上虚 下半虚 並死

數目 。千紅萬紫第十四

平 千紅 重黄 千黄 千青 孤青

去入 一紅 片紅 萬紅 萬青 半青 半黄 二斑

入 萬紫 萬綠 衆綠夏雨生衆綠 一白 寸碧

去 三白 千紫

通用 。粧排點染第十五與花木門鋪陳點染互用 並虚 活

平 粧排 鋪排 粧鋪 飄揚

上去 掩藏 剪裁

[illegible] 點染 點綴 結束 打扮 掩染 拂拭

去 粧點 漸染



連綿 。扶踈瑣碎第十六 並虚 死

平 扶踈 玲瓏 交加並影 芬芳香 妖嬈 鮮妍 新鮮

入 瑣碎 散亂並影 馥郁香 艷冶色 瑩潔白

清幽

去 重疊 零亂 清瘦並影 葱倩青 芬馥香 清淡

疊字 。黄黄白白第十七 半虚 死

平 黄黄 紅紅 青青 斑斑 朱朱 蒼蒼

去 白白 綠綠 淡淡 艷艷 色色 碧碧 皓皓

事出 清香秀色 香浮影散

臙脂翡翠 粧成染出 已上並見花木門

青[illegible][illegible]淡 見天文門 鵝黄鴨綠 見鳥獸門

[illegible] 。鵝兒黄鴨頭綠第十八

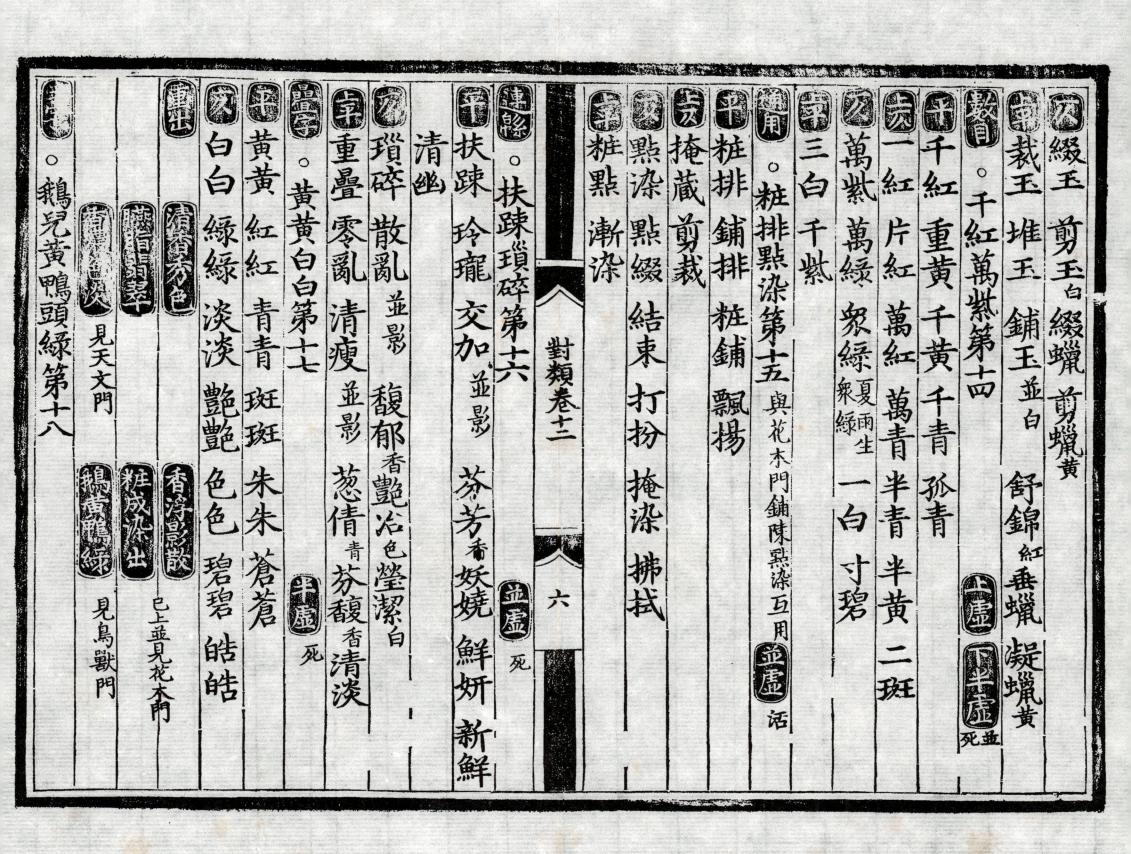

[illegible] 王 [illegible] 王 白 [illegible] 黃

[illegible] 王 [illegible] 王 [illegible] 王 白 [illegible] 黃

◦ 十 [illegible] 第十四

十 [illegible] 黃 十 黃 十 青 [illegible] 青

一 [illegible] [illegible] [illegible] 青 半 青 半 黃 二 [illegible]

[illegible] [illegible] [illegible] 一 白 七 [illegible]

三 白 十 [illegible]

◦ [illegible] 第十五 [illegible]

[illegible]

[illegible]

[illegible] 東 [illegible] [illegible] [illegible]

[illegible]



◦ 林 [illegible] 第十六

[illegible]

青 [illegible]

[illegible]

[illegible] 青 [illegible] 青 [illegible]

◦ 黃 [illegible] 白 [illegible] 第十七

黃 黃 [illegible] 青 青 [illegible] 未 未 [illegible]

白 白 [illegible]

[illegible] 大門

◦ [illegible] 第十八

【平】鵝兒黄 猩血紅 螺髻青 鴨頭青
【仄】鴨頭緑 鵝羽碧 鷹背褐 鳳毛紫 鼠毛褐
〇半傳黄新破白第十九
【平】半傳黄 淺施朱 淡舒紅 淺塗脂 亂堆紅 欲滌丹
淺抹黄 淺間黄 淡抹紅 欲綴丹
【仄】新破白 微露白 輕傳粉 輕扶緑 新綴碧 深滌翠
初脱翠 遥露碧 微醮碧 新脱白 輕露碧
〇緑依依紅灼灼第二十
【平】緑依依 紫沉沉 碧鮮鮮 翠深深 白皚皚 白紛紛
【仄】紅灼灼 黄淡淡 紅淡淡 青鬱鬱 青的的 斑點點
【四字】〇重碧輕紅殘朱宿粉第二十一
【平】重碧輕紅 淡白妖黄



【仄】殘朱宿粉 深紅淡白 輕紅膩白
〇弄粉調朱泛紅依緑第二十二
【平】弄粉調朱 倚翠偎紅 惡紫亂朱
【仄】泛紅依緑 搜紅拾翠 抽黄對白 脱白掛緑
〇緑暗紅稀黄飛翠減第二十三
【平】緑暗紅稀 粉褪朱銷 黄放白催
【仄】黄飛翠減 緑垂紅綻 緑肥紅瘦 紅飄翠落 紅稀緑暗
〇千紫千紅半白半黒第二十四
【平】千紫千紅 萬緑點紅 千紫千黄
【仄】半白半黒 千紅百紫 一黒一白

對類卷之十二

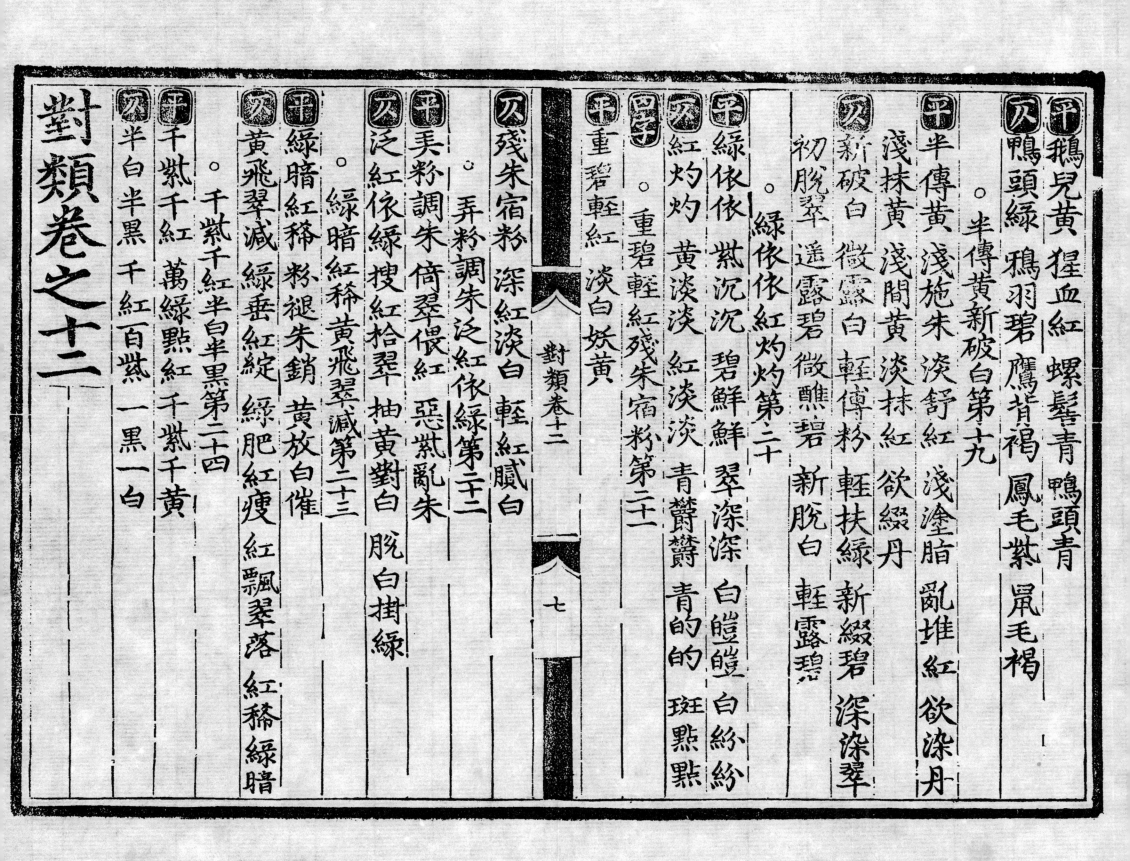

# 詩韻卷之十三

仄 半白半黑　十紅百樣　一黑一白

平 千樣千紅　萬綠黑紅　千樣千黃

。千樣千紅半白半黑第二十四

仄 黃飛翠減　綠垂紅瘦　綠肥紅瘦　紅飄翠落　紅香綠暗

平 綠暗紅稀　紫姹朱鮮　黃嫩白淹

。綠暗紅稀紫姹黃嬌第二十三

仄 紅依綠映　紅合翠連　抽黃鬥白　脫白抽綠

平 黃粉調朱　分翠成紅　惡紫亂朱

。手粉調朱紅依翠綠第二十二

仄 淡抹濃妝　紅淡白　[illegible]紅膩白





平 重紅　淡白深黃

。重碧輕紅淡朱深粉第二十一

仄 紅紫　淡黃　深青　青碧　青白　斑黑　黑紫

平 紅綠　紫沉　翠鮮　翠深　白皚　白粉　粉

。綠衣紅衫紅紅第二十

仄 鮮綠　遍露　碧曲　微曲　新月　白　車輕　露墜

仄 新綠　嫩白　車轉　林綠　新綴　碧　深翠

平 淺抹黃　淺黃　抹紅　欲綠　丹

平 半傳黃　後朱　淺紅　後塗脂　亂推　紅　欲深丹

。半傳黃新放白第十九

仄 鴨頭綠　鶴頂[illegible]　鳳毛　數　鼠毛　鵲

平 鴨兒黃　血　紅　鴨[illegible]青　鶴頂青